어른이 읽는 동화

산문의 거울 ❼

어른이 읽는 동화

지은이 | 이수경

1판 1쇄 발행 ㅣ 2021년 8월 20일
1판 2쇄 발행 ㅣ 2021년 11월 25일

펴낸이 | 신중현
펴낸곳 | 도서출판 학이사
출판등록 | 제25100-2005-28호

　대구광역시 달서구 문화회관11안길 22-1(장동)
　전화_(053) 554-3431, 3432　팩시밀리_(053) 554-3433
　홈페이지_http://www.학이사.kr
　이메일_hes3431@naver.com

ISBN_979-11-5854-313-6　03810

어른이
읽는
동화

이수경

夢而思 | 학이사

위로를 나누는 우리 모두의 이야기

　제 인생은 아버지 죽음 보상금을 큰외삼촌이 빌려간 전후로 나뉩니다. 말하자면 제 나이 열네 살 즈음이네요. 갑자기 나타난 서울 큰외삼촌은 저와 동생 셋, 우리 네 자매 교육을 위해 서울행을 종용했지요. 시골 공무원이던 아버지 순직값은 그 후에 봉투째 넘겨졌고요.

　사십여 년이 지났지만 여전히 선명한 일인데 큰외삼촌은 모르는 일이라며 딱 잡아뗐지요. 오히려 어머니에게 명예훼손으로 고소하겠다며 서슬이 시퍼랬습니다. 친오빠에게 배신당한 제 어머니는 애옥살이와 대장암을 견디며 애면글면 견뎌냈습니다. 겨우 서른두 살이던 어머니는 이제 노인이 되었지만 그 돈은 여전히 부재중입니다.

　어린 저희들도 늘 배가 고팠습니다. 한참 자랄 나이에 소금 찍어 밥을 먹었습니다. 저는 지금도 배가 고프면 불안해져서 서둘러 음식을 만듭니다.

　우리가 살던 칠흑 같던 지하실도 떠오릅니다. 검은 곰

팡이가 기어오르던 콘크리트 벽에 합판을 덧대 만든 지하실 한쪽 방이며, 음울하고 어둑하던 형광등 불빛도요. 모터로 퍼 올리던 생활하수에는 들쥐가 들락거렸습니다. 눅눅한 비닐장판을 들추면 집게벌레며 바퀴벌레, 지네 같은 온갖 벌레들이 들끓었습니다. 특히 잠든 제 얼굴에 날아와 앉던 미국바퀴벌레를 손으로 후려쳐 잡던 일은 지금도 끔찍합니다.

문득 깻잎 향기가 찾아듭니다. 6월에 더구나 땅과 먼 고층아파트에서 쨍볕에 익는 깻잎 향기라니 말입니다. 경상도 지리산 제 고향 장찬밭에서 익던 그 깻잎 향기가 말입니다.

깨밭에는 늘 할머니가 호미 한 자루와 살았지요. 오롯이 제 편이 되어주던 친할머니는 아버지가 사고로 돌아가신 충격으로 앉은뱅이가 되었지요. 그 단정하던 할머니가 말입니다.

정말이지 자꾸 깻잎 향기가 납니다. 아무래도 할머니가 제게 다녀가셨나 봅니다. "수갱아이! 이제 잊어라. 그 돈, 너그 명줄과 바꿨다 생각하고 잊어라. 잊어." 이렇게 일러 주시느라 말입니다.

네, 그러고 보니 그래도요. 제게는 엄마와 동생들이 있었네요. 귤을 사줬던 노신사며, 두꺼비 아줌마, 정태, 김옥주 할머니, 이탈리아 천사, 친구 민자, 1학년 2반 박은우······. 이렇듯 따뜻한 이웃들이 있었네요. 함께 걸음동무가 되어 주었네요. 책장을 넘기면 그 구순한 사랑들이 손을 흔드네요.

그래서 이 책은 사랑이야기입니다. 읽으면서 눈물이 고이고, 콧물을 훌쩍이게 되지만 그래도 고개를 끄덕이게 되는 사랑이야기입니다. 그만하면 괜찮다고, 괜찮았다고 위로를 나누는 우리 모두의 이야기입니다. 여전히 가슴 속에 살고 있는 어린 '나'에게도 등불을 켜주는 이야기,

어른이 읽는 동화입니다.

더불어 다음 번 '어른이 읽는 동화'에는 큰외삼촌이 제 어머니에게 사과했다는 이야기가 실리길 비손해 봅니다. 아흔아홉 개나 가졌던 양재동 부자 큰외삼촌이 제 어머니에게서 뺏어 간 그 한 개가 우리 가족 삶을 바꿔 놓은 것에 대해서요.

더 늦기 전에요. 부디 더 늦기 전에요.

산모롱이 작은 집에서
이수경(은겸) 올림

차례

인연

이웃

인생

인연

우산 없는 날이면 친구 우산 속으로 뛰어들거나,
가방을 쓰고 내달리던 내게 처음으로 엄마가 와준 날.
내가 신세 졌을 친구들 우산까지 챙기며
가게 문을 닫고, 쩔뚝이며 학교로 내달렸을 엄마 모습이
봄비 내리는 날이면 늘 내 가슴에 파고든다.

봄비 내리는 날이면

갑자기 내리는 봄비에 교실이 술렁였다. 대부분 우산을 가져오지 않았기 때문이다. 아이들은 힐긋힐긋 창밖을 보며 우산 가져올 엄마를 기다렸다. 아니나 다를까 교문엔 금세 하나둘, 우산꽃이 피어났다. 그곳에서 엄마 얼굴을 찾은 아이들은 낯빛이 밝아졌지만 그렇지 못한 아이들은 시무룩이 비가 멎기만을 기다렸다.

나 역시 마찬가지였다. 아버지가 돌아가신 뒤 해장국집을 연 엄마는 숨 쉴 틈조차 없이 바빴다. 그런 엄마가 우산을 가져오실 리 만무했다. 더구나 배달하다 삐어 퉁퉁 부은 발목을 파스로 달래는 것까지 본 날이었다.

청소당번이던 나는 종례를 마친 뒤 구석구석 청소했다. '4-2' 우리 반 팻말 먼지도 털고, 시키지도 않은 복도 유리창까지 환하게 닦았다. 그러는 동안에도 비는 멈추지 않았다. 아니 오히려 더 세차게 운동장을 두드렸다. 꽃밭에서 서성이던 수수꽃다리 향기가 비를 피해 교실로 들어왔다. 나는 슬슬 하늘이 원망스러웠다. 그때 단짝 형주가 외쳤다.

"야, 저기 너희 엄마 아니야?"

나는 설마 하면서도 용수철 튕기듯 창가로 뛰어갔다. 엄마, 우리 엄마였다. 엄마가 와 주신 것이었다. 신난 가슴이 콩닥거렸다. 그런데 엄마 팔에 뭔가 한 아름 안긴 것이 보였다. '뭘까?' 봄비 사이로 그것을 뚫어져라 보던 난 바위처럼 굳어졌다. 분명했다. 작년에 매점 넘길 때 남겨 둔 비닐우산이었다. 얼추 예닐곱 개는 족히 되어 보이는…….

당황한 나는 입술을 깨물었다. "너 먼저 가!" 머뭇거리는 형주 등을 떠민 뒤 무너지듯 책상에 엎드렸다. 나도 모르게 눈물이 번졌다. '온 김에 저걸 파시려고? 너무해, 정말.' 서럽게 늘키는데 형주 목소리가 뛰어들었다.

"야! 너희 엄마가 나한테 우산 주셨어. 우산 안 가져온 애들도 데리고 나오래!"

우렁우렁 외치는 소리에 부스스 얼굴을 들었다.

"봐. 우산!"

형주가 비닐우산을 번쩍 들어 보였다.

"얼른 가자! 가게 문 닫고 오셨대."

그날 나는 울어서 빨개진 눈을 엄마한테 들킬까 봐 일부러 비를 받아먹으며 킬킬댔다. 우산 없는 날이면 친구 우산 속으로 뛰어들거나, 가방을 쓰고 내달리던 내게 처음으로 엄마가 와준 날. 엄마는 내가 신세 졌을 친구들 우산까지 챙기며 삔 발목 따위 아랑곳 않으셨겠지. 허벙저벙 가게 문을 닫고, 쩔뚝이며 학교로 내달렸을 엄마 모습이 봄비 내리는 날이면 늘 내 가슴에 파고든다.

저 기억나세요?

우편함에 담긴 편지 봉투를 꺼내 보니 발신인에 '박승 우' 란 이름이 적혀 있었다. 혹시 우리 딸아이를 좋아하는 녀석일까? 혼자 이런저런 상상을 하며 조심스레 봉투를 뜯었다.

'저 기억나세요?' 편지의 첫마디였다. 누굴까? 잘못 온 편지는 아닌 것 같은데……. '저, 박승우라고 해요. 기억 못 하시겠지만 저는 아줌마를 자주 생각해요. 아줌마가 저를 가출하지 않게 해 주셨거든요.' 편지를 읽어 내려가 면서 조그만 아이가 불쑥 떠올랐다. 그랬구나. 이름이 승 우였구나.

5년 전쯤이었나? 뭇별이 가득하던 밤, 마을 앞 귀목나무 옆에서 사내아이의 흐느낌을 들었다. 다가가 아이 얼굴을 본 순간 숨이 멎는 것 같았다. 피범벅이었다. 소스라치게 놀라 누가 그랬느냐고 소리 지르며 아이를 왈칵 끌어안았다.

내 흰 남방에 금세 피가 뱄지만 개의치 않았다. "어떡해, 어떡해……." 아이와 함께 울었다. 엄마가 일곱 살 때 돌아가셨다고 했다. 그렇게 남겨진 세 살, 여섯 살 여동생들과 사는데 거짓말을 했다는 이유로 아빠에게 맞았다고 했다. 입술이 터지고 콧등이 시퍼렇게 부풀어 올라 있었다.

"아줌마, 저 가출할 거예요. 아빠가 미워요. 엄마가 보고 싶어요."

어깨를 들썩이며 서러운 울음을 토해 내던 아이에게

"아빠는 지금 후회하실 거야. 다시는 이런 일 없도록 약속 받아 낼게. 또 때리면 아줌마 집으로 와."라고 말하며 아이를 품에 안고 오래도록 손을 풀지 않았다. 그렇게라도 엄마 냄새를 맡게 하고 싶었다.

그 후 난 아이를 스치듯 보며 살았지만 아이는 날 모를 거라 생각했다. 어두워서 내 얼굴을 제대로 못 봤을 거라고, 그냥 동네 아줌마쯤으로 잊힐 거라고 생각했다. 그런데 이리 오래 기억하고 있었다니 목이 멨다. 더구나 이 편지는 6학년 졸업 기념 숙제라고 했다. 잊지 못할 사람에게 편지를 쓴 뒤 부치고 오라는 숙제였다고. 끌어안고 함께 울어 준 것밖에 없는데…….

열린 창으로 인동꽃 향기가 훅 뛰어들었다. '아줌마가 아빠한테 약속 받아 낸 뒤부터 한 번도 안 맞았어요. 감사합니다. 중학교 가서도 열심히 공부할게요.' 마지막 인사에 '승우야, 너를 어떻게 잊니.' 울컥 편지를 품었다. "밥은 먹었니?" 곁에 있듯 말을 걸었다.

움켜쥔 손

흰곰처럼 잔설이 군데군데 남아있고, 매운바람 가득한 2월이었다. 산속에 있는 온천인데도 사람들로 북적였다. 목욕을 마치고 아이와 나오는데 허리가 굽고, 백발을 짧게 자른 할머니 한 분이 회전문을 밀고 밖으로 나왔다. 스웨터도 채 걸치지 못하고, 털신도 제대로 신지 못한 채 다급하게 말이다. 일행이 재촉한 걸까?

우리도 밖으로 나와 주차장으로 향했다. 그런데 조금 전 그 할머니가 보였다. 어쩔 줄 몰라 하며 주차장에 세워진 차들의 손잡이를 일일이 잡아당겨 보거나 주먹으로 창문을 탕탕 두드렸다.

"엄마, 저 할머니 차 못 찾으시는 것 같아." 뒷자리에 앉은 아이의 말이 맞는 듯했다. 어느새 우리 차 근처까지 온 할머니 얼굴은 사색이 되어있었다. 너무 급해 덜 말리고 나온 머리카락이 얼어 뻣뻣해 보였다.

"할머니, 어떤 차 찾으세요?"

황급히 차에서 내려 묻자 할머니가 부들부들 떨며 울먹였다.

"우리 아들이 날 두고 갔나 봐……. 차가 없어."

설마 하면서도 나도 모르게 마른침을 꿀꺽 삼켰다. 며칠 전 아들이 어머니를 버린 사건을 신문에서 읽었기 때문이다. 나는 결연한 표정으로 할머니 손을 잡았다. "할머니, 이렇게 차가 많을 땐 저도 잘 못 찾거든요. 그러니 저 안에 들어가서 전화도 해 보고, 저희와 기다려요, 네?"

할머니와 온천 로비 의자에 나란히 앉았다. 걱정 말라고, 아드님은 제가 꼭 찾아 드리겠노라 했더니 초조하게 흔들리던 눈빛이 조금씩 편안해졌다. 그러는 틈틈이 할머니가 알려 준 아들 번호로 전화를 계속했지만 받지 않았다. '아직 목욕 중일 거야.' 애써 마음을 가다듬고 자판기에서 따끈한 모과차를 뽑아와 할머니에게 건넸다. 그렇게 사십여 분이 흘렀을까? 남탕 쪽에서 한 남성이 바삐 달려오며 우렁우렁 외치는 게 아닌가!

"어머니! 많이 기다리셨어요? 목욕탕에서 깜빡 잠들었

지 뭐예요!"

아, 그러면 그렇지! 안심이 되어서인지 할머니가 말없이 손을 뻗어 아들을 안고는 손을 풀지 않았다.

"아기 엄마, 고마워……."

떠나며 한사코 내게 박하사탕 한 알을 쥐어주던 할머니, 잘 지내시지요? 잘 지내고 계시지요?

사람에게 사람보다

아버지가 돌아가신 후, 엄마는 해장국집을 열었다. 하지만 얼마 지나지 않아 엄마가 교통사고를 당해 가게 문을 닫을 수밖에 없었다. 엄마가 다시 언덕 아래 '네거리 상회'를 연 건 일 년 후 내가 5학년 때였다. 동생들과 돈 주고 사 먹던 과자, 빵, 사탕, 과일들을 이제 우리 집에서 팔았다. 박카스나 활명수 같은 것은 내가 동살에 새벽녘에 일어나 약국에서 한 상자씩 떼다 놓고 등교했다.

없는 돈으로 시작해서인지 엄마는 물건을 많이 들여놓지 못했다. 라면 한 상자, 과자 한 상자, 과일 조금으로 간신히 진열대를 채웠다. 그런데 마주 보고 있던 '만물상회'는 정말 없는 게 없었다. 도매상에서 트럭 가득 물건을 싣고 와 푸짐하게 풀어 놓았다. 그럴 때면 우리는 부러움에 입을 다물지 못했다.

그러던 차에 설날이 코앞으로 다가왔다. 선물하기 위해 선지 손님들은 다양한 담배를 찾았다. 엄마는 어쩔 수 없이 돈을 빌려 담배를 종류별로 들여놓았다. 설 지나 갚기로 하고 말이다. 그리고 선물용 과일 바구니도 가져다 놓았다. 마진이 높은 선물용 과일 바구니만 다 팔면 담배 외상값을 갚을 수 있다고 했다. 그 말에 난 어떻게든 과일 바구니를 다 팔리라 두 주먹을 꼭 쥐었다.

다행히 잘 팔려 설날 전에 귤 바구니 두 개만 남았다. 저 두 바구니만 팔면 우리는 외상값을 갚고 기쁜 설을 맞을 것이다. 나는 밖을 향해 더 큰 소리로 외쳤다.

"귤 사세요, 달고 맛있는 귤이요!"

그러나 누구도 우리 과일 바구니에 눈길을 주지 않았다. 해가 뉘엿뉘엿 지고 있었다. 나는 이내 시무룩해졌다. 그때 양복을 말끔히 차려입은 노신사가 만물상회에서 과일 바구니를 고르는 게 보였다. 한숨이 포옥 나왔다. 부러운 듯 물끄러미 바라보는데 그분이 순간 몸을 돌려 나를 보았다. 그러더니 우리 가게로 뚜벅뚜벅 걸어오는 게 아닌가. 나는 다급하게 외쳤다.

"선생님! 귤 사세요, 받는 선물이 행복해하실 거예요!"

기쁜 나머지 말도 이상하게 해 버렸지만 그분은 환하게 웃으며 남은 과일 바구니를 선뜻 집어 들었다. 나는 기뻐서 연신 배꼽 인사를 했다.

과일 가게 앞을 지날 때면 나를 따뜻하게 바라보던 그 노신사가 떠오른다. 사람에게 사람보다 더 큰 희망이 있을까? 다시 기운을 내야겠다.

아, 할아버지!

　서울로 전학 오기 전에 잠시 다닌 중학교는 지리산 자락 작은 읍내 학교였다. 그곳에서는 선생님들과 학생들이 틈틈이 마을 농사일을 돕곤 했다. 모내기, 보리밟기를 비롯해 풀 뽑기, 이삭줍기, 벼 베기도 했다. 그러던 어느 날, 선생님이 건초를 가져오라고 했다. 한숨이 폭 나왔다. 집에 말려 둔 풀이 없는 데다 낫질할 줄도 몰랐기 때문이다.

　"저 할아부지, 학교에서 건초를…… 가져오라…… 하는 데요."

　소여물을 써는 할아버지 뒤에서 쭈뼛거리며 말했지만 할아버지는 뒤도 돌아보지 않았다. 원체 무뚝뚝한 분이었지만 큰아들인 우리 아버지를 사고로 잃고 난 뒤 더욱 견고하게 입을 닫았다. 우리 가족이 외가가 있는 서울로 이

사한다고 했을 때 논둑에 앉아 서럽게 우는 모습을 보았던 게 전부다. 그 서운함은 전학 문제가 해결되지 않아 일 년간 할아버지 집에 머물러야 했던 내게 고스란히 전해졌다. 나와는 눈도 마주치지 않았다.

나는 체념하고 터벅터벅 학교로 향했다. 그런데 아뿔싸, 교문에 들어서자 학생 주임 선생님이 저울에 건초 무게를 달고, 학생부 언니가 이름을 적는 게 아닌가! 가슴이 쿵 내려앉았다. 건초를 가져오라고만 하는 줄 알았지, 무게를 재고 이름까지 적을 거라곤 생각지도 못했기 때문이었다. 아이들 손엔 너 나 할 것 없이 건초 꾸러미가 들려 있었다. 안 가지고 온 사람은 따로 벌을 설 수도 있을 것이다. 그런 생각이 들자 내 얼굴에 그늘이 드리워졌다. 그때였다.

"저기 좀 봐!"

건초 무게를 재기 위해 줄을 선 아이들이 교문 밖을 바라보며 웅성거렸다.

무심코 고개를 돌린 순간, 나는 내 눈을 의심했다. 할아버지, 우리 할아버지였다.

할아버지는 지게에 풀 더미를 수북하게 지고 와 주임 선생님 앞에 쏟아 놓고는 나를 가리키며 말했다.

"저 아가 우리 손녑니더. 저 아 꺼, 몇 근인지 단디 적어 주이소."

나를 가리키던 할아버지의 그 따뜻한 눈빛을 잊을 수 없다. 내가 대문을 나서자마자 낫을 들고 나가 정신없이 풀을 베었을 할아버지, 지게를 지고 신작로를 걸어 내려오며 늦을까 봐 얼마나 가쁜 숨을 몰아쉬었을까? 땀범벅이 되어 나를 바라보던 할아버지 얼굴이 아직도 나를 붙잡는다. 멀리서 부엉이 소리가 들려온다. 할아버지가 보고 싶다.

영원한 내 편

"누가 변소 앞에 똥 쌌노, 어이?"

주인집 할머니 목소리가 카랑카랑 울리던 아침이었다. 방 두 칸 우리 집, 그 옆으로 두꺼비네와 미자네, 이렇게 세 가구가 세 들어 살았다. 혹 주인 할머니 목소리가 커지는 날엔 엄마들 심장이 쿵 떨어졌다. 주인 할머니 마음에 들지 않으면 가차 없이 방을 빼야 했기 때문이다. 그날도 그랬다. 공동으로 쓰는 변소 앞에 누가 변을 봤다는 것이다.

"니제(너지)!"

주인 할머니 송곳눈이 가리킨 것은 바로 나였다. 순간 머릿속이 하얘졌다. 초저녁에 먹은 풋배가 잘못됐는지 밤새 변소를 들락거리긴 했다. 그래도 난 아니었다. 그런데 아니라는 말이 얼른 나오지 않았다. 변소를 들락거리는 모습을 몇몇 사람이 봤기 때문이었다. 꼼짝없이 누명을 쓸 판이었다. 아, 이럴 때 아버지가 살아 계셨더라면, 아니 엄마라도……. 거기까지 생각이 미치자 새벽 장사 나간 엄마가 떠올라 '엄마, 엄마.' 속울음이 일었다. 그때였다.

"할무이, 저 아가 싸는 거 봤심니꺼?"

두꺼비 아줌마였다. 화상 입은 얼굴이 두꺼비 같다 해서 모두 두꺼비 아줌마라 불렀다. 짓궂은 동네 애들은 아줌마가 지나가면 "두꺼비, 두꺼비!" 하며 놀려 댔다. 나도 빨래를 널다 화들짝 놀라 피한 적이 두어 번 있었다.

"싸는 거 봤냐고예!"

두꺼비 아줌마가 옆으로 오더니 내 어깨를 감싸 안았다.

"저 아 어매도 아님서 와 편을 들고 그라노!"

서슬 퍼런 할머니 목소리가 아직도 귀에 쟁쟁하다.

결국 범인은 도시에서 놀러 온 주인 할머니 손자로 밝혀졌다. 그 후로도 두꺼비 아줌마는 항상 내 편이 되어주었다. 으르렁거리는 동네 개를 만나면 등 뒤로 나를 숨겨 막아 주고, 나를 놀리는 남자애들을 쫓아가 꿀밤을 먹여

주었다.

두꺼비 아줌마가 남해로 이사 가던 날, 펑펑 우는 나를 끌어안고 아줌마가 말했다.

"쪼매난 기 동상들 챙기고, 장사 나가는 저거 엄마 힘들다꼬 집안일 다 하는 게 기특해서 니 편들어 줬다 아이가."

두꺼비 아줌마는 그렇게 내 맘속에 영원한 내 편으로 남았다. "괜찮다, 아가." 인자하게 웃으며 내 어깨를 감싸 주던 두꺼비 아줌마가 눈에 선하다. 그래서 나는 오늘도 외롭지 않다.

가장 좋은 약

"또 쌌어? 아휴, 못 살아, 정말."

엄마의 한숨 섞인 탄식이 우리 집 아침을 깨웠다. 나는 열한 살 때까지도 오줌싸개였다. 엄마의 아침은 오줌 젖은 빨래를 언덕 아래 강에서 빨아 오는 것으로 시작됐다. 말이 빨래지 물먹은 솜이불을 대야에 담아 머리에 이고 가파른 언덕을 오르내리는 일은 녹록지 않았을 것이다. 더구나 겨울이면 빨랫방망이로 강가 얼음을 깬 뒤 언 손을 호호 불어가며 이불 빨래를 해야 했다. 그래서 엄마 손은 늘 벌겋게 부풀어 있었다. 그렇게 종일 빨아 풀 먹여 말리고 꿰맨 이불을 다시 깔아 주면 난 또 오줌을 흥건하게 쌌던 것이다.

"물 한 모금 안 먹이고 재우는데 어디서 저렇게 오줌이

나올까?"

엄마의 탄식에 나 역시 정신 바짝 차리고 잠들었지만 서늘한 느낌에 눈떠 보면 이불을 펑하게 적신 뒤였다. 아버지가 돌아가신 뒤 엄마의 고단함은 이루 말할 수 없었는데도 나는 계속 이불에 오줌을 쌌다.

이불 빨래에 지친 엄마에게 따끔하게 회초리도 맞고, 키를 쓰고 소금을 얻어 오는 창피도 당했지만 야뇨증은 나아지지 않았다. 그러던 어느 날 밤이었다. 문득 놀라 발딱 일어나 앉았더니 역시나 이불이 축축했다. 또 싼 것이다.

나는 절망했다. 종일 물 한 모금 마시지 않고 견뎠는데……. 나는 서러운 눈물을 쏟아 냈다. 하지만 언제까지 그렇게 앉아 있을 수만은 없었다. 나는 속울음을 삼키며 일어나 이불을 밖으로 끌어냈다. 주인집 할머니가 깨면 수돗물 쓴다고 악쓸까 봐 소리 안 나게 졸졸 튼 채 희부윰한 수돗가에서 숨죽이며 이불을 빨았다.

뒷산에서 '꾸꾸루룩' '뻐꾹뻐꾹' 뻐꾸기 소리가 들렸다. 머리끝이 쭈뼛 섰다. 그때였다. 대문으로 누가 들어서는 게 아닌가. 놀라 움츠러드는데 희뿌연 밤빛에서 들려온 것은 엄마, 엄마 목소리였다.

"너, 거기서 뭐해?"

수돗가에 앉은 나를 발견한 엄마의 놀란 목소리가 내 울음을 끌어안던 새벽, 엄마도 온통 물에 젖어 있었다. 그랬다. 엄마는 고동이 야뇨증에 좋다는 소리를 듣고 밤새 강바닥을 훑어 고동을 잡아 오던 길이었다. 그 뒤부터 엄마는 매일 고동을 삶았고, 나는 그 물을 마셨다. 아니, 아니다. 사랑을 마셨다. 사랑보다 더 좋은 약이 또 있을까? 빨랫줄에 이불을 펼쳐 널 때면 그 옛날 고단했을 엄마 생각에 목이 멘다.

흉터

'혹부리'는 내 별명이었다. 언제부턴가 왼쪽 손목 한가운데 볼록 혹이 솟아났던 것이다. 새알심만 한 혹이 손목을 구부리면 톡 튀어나와서 남자애들은 나만 보면 혹부리라고 놀렸다. 더구나 그즈음 손등에 커다란 사마귀까지여러 개가 돋아나 난 늘 손 숨기기에 바빴다.

"혹부리! 혹부리!"

남자애들의 놀림은 졸지에 아버지를 잃고, 두려움을 곤두세우던 열한 살 여자아이에겐 너무나 큰 고통이었다. 참다못한 난 엄마에게 혹을 없앨 수술을 시켜달라고 했다. 손등에 돋은 사마귀는 연필 깎는 칼로 깎아내며 숨죽여 울었다. 그런 나를 보다 못한 엄만 여기저기 돈을 빌려수술을 시켜주었다. 그러나 그것이 끝이 아니었다. 혹은 사라졌지만 수술자국인 흉터가 크게 남았다. 삼 센티미터 정도 길게 남은 흉터는 또 다른 놀림의 시작이었다. '혹부리' 대신 '칼자국'으로 말이다.

"야, 칼자국 온다. 칼자국!"

남자애들은 내 이름 대신 성은 칼, 이름은 자국이라고 불렀다. 내 공책을 가져다 이름을 지운 뒤 '칼자국'이라고 다시 써놓고 킬킬댔다. 여름에도 긴팔 옷을 입거나 손수건을 묶어 흉터를 가렸지만 역부족이었다. 그래서 나는 처음으로 엄마를 졸랐다. 손목시계를 사달라고 말이다. 흉터를 손목시계로 가릴 생각이었다. 지금이야 흔한 것이 시계지만 그땐 쉽게 살 수 없는 귀한 물건이었다. 더구나 애옥한 살림에 손목시계는 무리였다. 그래도 손목시계 생각뿐이었다. 쭈뼛거리며 기말고사 일등 할 테니 손목시계 좀 사달라고 했다. 엄마는 말없이 고개를 끄덕였고, 난 눈에 불을 켜고 공부를 했다.

공부하다 졸리면 눈가에 안티푸라민을 바르고, 내 뺨을 스스로 때리며 졸음을 쫓았다. 그렇게 본 기말고사에서 기어코 일등을 했다. 약속대로 엄만 손목시계를 사주었고, 그 시계로 흉터를 가릴 수 있었지만 아이들의 놀림은 끝나지 않았다. 밤 열두 시가 되면 손목시계 유리에 스르르 칼자국이 나타난다며 '귀신시계'라고 놀렸기 때문이다. 결국 난 절망의 울음을 터트렸다. 그때였다. 늘 조용해서 샌님이라고 불리던 내 짝 정태가 자리에서 벌떡 일어나며 윗도리를 홀렁 벗었다. 순식간에 일어난 일이라 모두 놀라 정태를 바라보는데 칼자국이었다. 가슴에서 배까지 주욱 그어진 칼자국이 마치 뱀처럼 징그럽게 정태 배에 붙어있었다.

"심장 수술 두 번 한 자국이다. 내도 한 번 놀려 봐라. 내는 이 흉터 없었으면 죽었다. 이 흉터는 내를 더 강하게 만들어 준 보물인 기라."

우렁우렁 외치던 정태를 보고 우리 반 아이들도, 우르르 구경하던 다른 반 아이들도 그날 이후 더 이상 나를 놀리지 않았다. 나는 지금도 나를 위해 자신의 흉터를 내밀던 그날의 정태에게 손을 흔든다.

고마웠어, 고마웠어.

더 이상 부끄럽지 않은 내 흉터도 함께.

어머니의 어금니

어머니는 오랫동안 어금니 없이 송곳니만으로 음식을 드셨다. 그러다 보니 자주 체하고 만성 위염에 시달렸다. 그런 어머니가 임플란트를 해드리겠다는 나를 말렸다.

"틀니면 되는데 얼마나 오래 살 거라고 그 비싼 임플란트냐."

도리질을 하며 완강하게 말렸다.

그러나 나는 고집을 꺾지 않았다. 이미 틀니를 하고 있던 왼쪽은 탈착의 불편함도 불편함이지만 음식을 드실 때마다 틀니와 잇몸이 따로 움직여 툭하면 염증을 일으켰기 때문이다.

그러나 내심 고집을 부려놓고도 비용 앞에서 걱정이 되었다. 삼백만 원이라는 큰돈을 어디서 마련할까 고민하다가 보험 약관대출을 받기로 했다. 그렇게 임플란트를 시술하기 위한 과정에 들어갔는데, 그 과정이 그리 녹록지 않았다. 꽤 오랫동안 치과를 다녀야 했는데 연로하신 어머니는 금방 지쳤다.

더구나 설렁탕 장사를 하던 중에 시간을 내 치과를 가야 했는데 잠깐씩이라도 가게 문을 닫는 것은 손님에 대한 예의가 아니라며 무척 애말라 했다. 어쩔 수 없이 단골 손님에게는 일일이 양해를 구했다. 미리 치과 가는 날짜를 공지하고, 헛걸음했던 손님에게는 더 푸짐하게 음식을 내드렸고 수육 한 접시라도 서비스로 드렸다.

그렇게 몇 개월, 두려움도 고통도 용케 참아내고 임플란트 시술이 드디어 끝났다. 어머니는 여기저기 어금니 두 개를 자랑하고 좋아하는 나물을 꾹꾹 씹어 드시며 감탄했다. 그런데 문제가 생겼다. 임플란트 시술 대금을 결제해야 하는데 약관대출에 문제가 생긴 것이다. 큰일이었다. 애옥한 살림이라고 적금 하나 들어놓지 못한 내 자신을 탓하고 있을 때 마법 같은 일이 벌어졌다. 신춘문예에 당선된 것이다. 상금이 삼백만 원이었다. 어머니 임플란트 값이 생긴 것이다. 큰 소리로 만세를 외쳤다. 목이 터져라 외쳤다. 벅찬 감동으로 눈물을 흘렸다.

오늘도 어머니는 어금니를 해 넣은 오른쪽으로만 드시고 있다. 틀니가 있는 왼쪽은 휴업 중이다. 부지런히 돈 벌어서 왼쪽도 해드려야지. 어머니에게 자식이 해드릴 수 있는 일이 있어 참으로 행복하다.

올챙이의 이사

식물원에 갔다가 돌아오는 길에 조그만 웅덩이에 모여 사는 올챙이들을 발견했다. 그런데 물이 거의 말라 한 컵도 되지 않았다. 올챙이들은 필사적으로 물 쪽으로 모여 있었다. 그것을 본 아이는

"올챙이가 불쌍해요. 집에 데려가서 키워요!"

간절히 외쳤다. 그래서 우리는 올챙이 다섯 마리 모두 생수병에 담아 차에 올랐다.

올챙이들이 차에서도 혹 숨이 막힐까 봐 정차했을 때는 병뚜껑을 열었다가 출발하면 닫았다가를 반복했다. 그러면서도 어항에 넣으면 잘 살 수 있을까 불안해져 다른 웅덩이를 찾아서 내려줄까 걱정하며 집까지 왔다.

그렇게 돌아와서 금붕어가 사는 어항에 올챙이를 넣었

다. 그런데 넣자마자 금붕어가 올챙이를 연신 툭툭 건드려 올챙이가 도망을 다니자 올챙이가 죽을까 봐 아이는 끝내 울음을 터트렸다.

우리 가족은 다시 올챙이를 구출하기로 했다. 그렇지만 어항 속에서 뜰채를 이용해 올챙이 다섯 마리를 건져내기란 정말 쉽지 않았다. 결국 어항 물을 모조리 빼내고서야 올챙이 구출작전이 끝났다.

시계를 보니 밤 열 시, 손전등을 들고 근처 논으로 나갔다. 그런데 남편은 농약 뿌린 논에 내려놓을 수 없다고 했다. 그래서 이 논 저 논을 기웃거리다가 개구리 울음소리가 많이 나는 조그마한 연못을 발견했고 우리는 그곳에 올챙이 다섯 마리를 비로소 놓아줄 수 있었다.

잘 자라서 개구리가 되겠지? 뒷다리도 생기고 앞다리도 생기고? 우리 가족은 멋진 개구리가 될 올챙이 다섯 마리의 모습을 상상했다.

모든 생명은 소중하다. 그것을 알기에 올챙이도 스스로 살아남으려 할 것이다. 생태 환경이 달라졌지만 살아남으려는 본능은 자연의 이치 아니겠는가. 개구리 합창 소리 더 크게 들리던 밤, 우리는 콧노래를 부르며 집으로 돌아왔다.

역지사지

용인공원묘지, 친정아버지 성묘를 마치고 내려오던 길
이었다. 좁은 길이다 보니 성묘차량이 올라오면 잠시 비
켜서서 기다려야 했다. 그런데 저만치 어머니와 아들인
듯 보이는 두 사람이 길켠에 서서 차 두 대가 비켜가길 기
다리는 모습이 보였다. 중년의 여인이었다. 이제 쉰이 갓
넘었을 고운매 여인과 막 제대를 했을 법한 아들이 내려
오는 우리 차를 바라봤다.

제법 떨어진 거리인데도 모자간임을 금세 알아챌 정도
로 똑 닮았다. 태워 드린다고 할까? 버스를 타고 온 모양인
데 버스 정류장까진 아무리 빨리 걸어도 40분 남짓 걸렸
다. 마침 어머니로 보이는 여인도 그런 마음인지 서서히
움직이는 우리 차량을 향해 손짓을 하려다 말고 아들에게

묻는 것도 보였다. 나는 이미 여인 옆에 차를 세우면서 조수석에 앉은 남편 쪽 차창을 내렸다.

"아, 저희 좀 혹시 버스 정류장까지만 태워다 주실 수 있나요?"

주춤거리며 묻는 여인의 눈빛이 따뜻했다.

"네, 뒤에 타세요."

나도 곰살맞게 뒷자리를 가리켰다. 그러자 동시에 뒤에 앉은 아이가 꿍얼댔다. 그도 그럴 것이 뒷자리 한쪽엔 짐이 많아 두 사람이 타면 잠깐이지만 아이는 짐 위로 올라가서 불편하게 가야 했기 때문이다.

"미안합니다. 고맙습니다."

여인이 인사와 함께 먼저 차에 올랐다. 그때서야 봤는지 옆에 앉은 아이를 향해 "미안해, 꼬마아가씨!" 다시 한 번 인사를 건넸다. 그렇게 다시 출발한 길, 길섶에 조르르 선 살사리꽃이 손을 흔들어 줬다. 인생 뭐 있나요, 이렇게 오고 가는 것이지요. 그러다 보면 너도나도 세월이 낸 산길 옆에 눕겠지요, 그렇겠지요.

남편을 여읜 분이겠지. 아들과 함께이니……. 하지만 서로 아무것도 묻지 않은 채 푸른 하늘만 이야기했다. 공원묘지 옆 마을은 무섭겠다던 아이의 이야기를 들려주며 함께 웃었다. 그분들이 내리고 나서 아이가 한마디했다.

"모르는 사람을 덥석 태우세요?"

늘 낯선 이를 조심하라던 엄마의 태도와는 다른 모습에 당황했던 것이다.

"일단 아빠가 계셨고, 내가 볼 때는 성묘 왔다 가는 엄마와 아들이 분명해서 태운 거야. 걸어가려면 너무 멀고 또 나쁜 사람들처럼 보였으면 안 태웠을 거야. 내가 볼 땐 그랬는데 네 입장에서는 무서웠겠구나. 미안해. 다음부터는 상의할게."

아이에게 묻지 않고 태운 것이 미안해서 변명이 길었다.

"당신에게도 미안해요. 조심할게요."

남편에게 먼저 동의를 구하지 않은 내 성급함도 반성했다. 모두가 내 마음 같을 거라는 생각 때문에 식구들을 불편하게 하진 않았는지 곱씹는데

"누구나 실수는 해요. 사과해 주셔서 고맙습니다."

아이가 내 마음을 다독이는 게 아닌가. 덕분에 어색한 기분을 털어내고 우리는 오랜 친구처럼 웃음을 나눴다.

외계인 엄마

초등학교 앞을 산책하는데 귓결에 싸움소리가 들렸다. 저만치 아파트 중앙공원 쪽이었다. 막 하교를 한 초등학생으로 보이는 남자아이들이었다. 가만히 지켜보고 있으려니 고학년 남자아이 둘이 맞손질이다.

처음엔 저러다 말겠지 싶었는데 둘러싼 또래 녀석들이 싸워라! 이겨라! 싸움을 부추기고, 결국 둘이 엉겨 붙어 싸우는 폼이 멀리서 봐도 악패듯 했다.

싸움은 그칠 줄 모르고 지나던 아주머니도 저 멀리 벤치에 앉은 어르신도 저 앞에서 다가오던 청년들도 힐끔 보기만 할 뿐 그 누구도 말리질 않았다.

나는 결국 뛰다시피 하며 아이들 곁으로 갔다. 어떻게든 이 싸움을 말려야 한다는 생각에 아파트가 쩌렁쩌렁

울리도록

"그만해!"

칼벼락을 내렸다. 순간 에워쌌던 아이들이 주춤 뒤로 물러났다. 그래도 엉겨 붙은 아이들은 멈추지 않았다. 이미 둘의 얼굴엔 코피가 터져 피범벅이었다.

"멈춰! 그만해! 너희가 동물과 다른 점은 싸우지 말고, 대화로 풀라고 교육을 받는다는 거야!"

안간힘을 쓰며 아이들을 떼어 냈는데도 아이들은 눈이 찢어져라 서로를 노려봤다. 난 땀과 피가 범벅이 된 눈이 큰 아이의 뺨을 손으로 닦았다. 그랬더니 그 아이,

"내 몸에 손대지 마요!"

차갑게 소리쳤다.

순간 마음은 멈칫했지만 다시 땀을 닦아내려는데

"내 몸에 손대지 말라고요!"

상대방 아이를 노려보던 눈은 이제 나에게 향해 있었고 그 눈빛은 아프도록 섬뜩했다.

이름이 유법진이라고 했다. 얼굴에 화상 흉터가 심한 법진이 어머니를 '지구에 온 외계인' 이라며 홍익이가 만날 종애 곯렸다는 것이다. 싸움이라고는 모르던 법진이인데 오늘은 결국 드잡이판이 벌어졌다고 했다.

에워쌌던 아이들이 웅성거리며 흩어지고, 툴툴 털고 홍익이도 가버린 광장에 법진이와 나만 남았다. 여느 때 같으면 곧은 눈빛을 보내며 하드라도 하나 사서 내밀었을 텐데 그럴 수가 없었다.

초등학교 졸업식 날 아무리 기다려도 오지 않던 내 어머니. 6년 우등상을 받게 된 맏이가 자랑스럽다며 마음먹고 미장원에 들렀다 오마 했다. 서둘러 달려갔더니 어머니는 미용실 앞 질척한 길바닥에 퍼질러 앉아 통곡을 하고 있었다. 그런 어머니를 빙 둘러싸고 웅성거리던 볼꾼. 식식거리며 그 속에서 어머니를 일으키던 내 귀에 들리던 소리는 화냥년이었다. 남편 잡아먹고, 동네 남자들 죄 꼬드기고 다니는 화냥년. 나는 이글거리며 절규하듯 외쳤다.

"아줌마요! 증거 대 보이소! 증거! 우리 엄마라예! 우리 엄마라꼬요!"

저녁 거미가 내리고, 한참 만에 법진이가 자리에서 일어나기에 쭈그리고 앉았던 나도 따라 일어섰다.

법진이가 말없이 고개를 숙여 인사를 했다. 나도 그런 법진이를 보며 고개를 끄덕였다. 그날 우리는 그냥 말없이 함께 있었다. 그저 함께. 잘 가라는 말도, 힘내라는 말도 필요 없었다.

마음은 휴대전화를 타고

오늘은 분리수거 하는 날. 작정하고 오늘을 기다렸다. 부부가 뭘 버리지 못하는 성격 탓에 차곡차곡 쟁여놓고 꼭꼭 야물게 아주 그냥 고물상 같은 집. 이사 갈 때면 늘

"짐이 많아요. 잔짐이 많아서 견적이 많이 나와요."

라는 말을 들어야 했던 지난 20년을 청산하고자 아주 그냥! 맘먹고 다 끄집어냈다.

그래도 포기 못 한 화분들. 우리 화분들. 절대 화분만큼은 손댈 수 없다고 외쳤다. 남편은 가성비 갑! 가구점에서 버리려고 해서 저렴하게 구입한 거실 장을 절대 포기할 수 없다고 외쳤다. 우리는 서로 절대를 외친 그것만은 건드리지 않기로 암묵적 동의를 했다.

아무튼 두 눈 딱 감고, 부들부들 떨리는 손을 꼬집어 뜯

으며 과감하게 버렸다. 내 마음에 눈보라가 몰아치고, 사랑을 잃어버린 사춘기 소녀처럼 쓰리고 쓰린 마음을 부여잡고 버렸다.

옷, 이불, 찬장에 그릇들, 채반이며 누가 보면 살림 안할 거냐는 소리 나올 만큼 버렸는데도 아직 많았다. 종량제봉투에 몇 년은 됐을(예전에 이탈리아에서 사 온) 허브차도 채워 넣고 수거함에 넣으니 이즈막한 시간. 손바닥 탁탁 털며 홀가분하게 버리고 돌아서는데 뭔가 허전했다.

헉, 내 휴대전화! 휴대전화 안에 현관 들어가는 카드 키도 들어 있어서 어쩔 수 없이 들고 나온 게 화근이었다. 아, 당황했다. 이미 수북하게 쌓인 박스들이 눈에 들어왔다. 어떻게 찾지? 사색이 되는데 마침 아파트에서 청년이 강아지를 데리고 나오기에 자초지종을 설명하며

"제 전화로 전화 한 번 걸어주시겠어요?"

마른 침을 삼키며 부탁하자, 청년은 얼른 자신의 전화를 꺼내 들었다. 그런데 벨이 울리지 않았다. 진동으로 해 둔 걸까? 청년이 잠시 생각을 하더니 강아지를 벤치에 묶어 둔 채 재활용함에서 가위를 꺼내왔다. 그러더니 박스 바닥을 죽 긋고 차곡차곡 뜯어 뉘었다. 산더미같이 쌓인 박스들이 착착 납작하게 눕고, 나도 달려들어 함께 하기

를 삼십 분 남짓. 제일 밑바닥까지 흘러내려간 내 휴대전화를 찾을 수 있었다. 내 전화기를 치켜든 채 환하게 웃던 청년 이마에 송골송골 땀방울이 맺혀 있었다. 예상한 대로 내 휴대전화는 무음처리 되어 있었다.

나는 밤하늘이 들썩이도록 크게 인사를 한 뒤 집으로 돌아와 휴대전화에 선명히 남은 청년의 전화번호를 클릭했다. 그런 다음 시집 한 권을 살 수 있는 문화상품권을 선물했다. 나는 이미 이웃이 준 아름다운 세상을 선물 받았으니 약소하지만 꼭 받아달라고 했다. 고마웠다고, 해포 이웃을 만나서 기뻤다는 문자도 함께.

쑥 한 줌

같은 아파트 앞 동에 사는 복남 언니한테 문자가 왔다.

'수경 선생. 올해 주말농장 할 건가? 안 할 거면 내가 고
추 심을게. 심어서 나중에 나눠 줄게.'

마침 잘되었다 싶었다. 그렇지 않아도 집에서 물을 받
아 500미터 남짓 되는 거리의 밭까지 가야 했다. 들고, 끌
고, 애면글면 가까스로 종구라기 물을 주느라 작년에 얼
마나 힘들었는지 모른다. 그렇다고 거름을 해주나, 검은
비닐을 씌우나, 지심을 매주나, 마침 잘되었다 싶어 그러
세요. 아유, 그러세요. 작년에 쓰던 꽃손이며 지지대까지
죄 어제 가져다 드렸다. 그러면서 밭 옆을 휘 둘러보니 쑥
천지였다. 쪼그려 앉아 쑥을 손톱으로 톡 끊으니 향이 어
찌나 짙던지 아유, 좀 뜯어다가 쑥버무리 해 먹으면 좋을

듯싶어 어정거리다 그렇게 만났다, 저만치 앉아 쑥 뜯는 할아버지를.

"어르신, 쑥이 잘아요. 허리 아프시겠어요."

미리 이만치서 말을 거는데 고개를 숙인 채

"괜찮아요. 한 끼 먹을 것만 뜯는 건데요, 뭐."

말씀이 부드러웠다. 그렇게 십여 분을 조쌀한 할아버지 근처를 어정거렸을까? 내 눈에 야생부추가 보이고, 어디서 씨가 날아와서 자랐는지 대파도 몇 뿌리 보이고 민들레도 보여 뜯고, 쑥도 한 주먹 뜯어 다시 할아버지 곁으로 다가가

"파 향이 좋아요. 쑥국 끓일 때 넣어 드세요."

슬그머니 내밀었더니

"허허, 고맙습니다. 고맙습니다."

어찌나 좋아하시던지 나도 아유, 별 말씀을요. 아유, 별 말씀을요. 손사래를 쳤다.

할머니가 요양원으로 가신 지 한 달이 되었다고 했다. 어제 갔더니 쑥국이 먹고 싶다고 해서 마트에서 살까 하다가 직접 뜯고 있다고 했다.

"내가 해 줄 수 있는 게 이런 거밖에 더 있겠어요?"

고개도 들지 않은 채, 조용조용 말씀하시는 목소리에

가슴이 아렸다. 나는 집으로 가려던 마음을 내려놓고 말 없이 함께 쑥을 뜯었다. 이만큼 떨어져서 뜯은 쑥을 할아버지 쑥 봉지 안에 넣으러 가지 않고 내 두 호주머니에 불룩하게 채웠다.

한참을 뜯은 뒤 할아버지 곁으로 다가가 쑥 봉지에 뜯은 쑥을 넣으니 묵직해졌다. 환하게 놀라던 할아버지 얼굴을 처음 마주하며 나도 활짝 웃었다. 슬픔을 치료하는 가장 큰 약은 웃음이라고 했던가. 우리는 말없이 자꾸 웃었다.

백 원

자려고 막 누웠는데 휴대전화가 울렸다. 시계를 보니 새벽 한시 반. 이 시간에 전화가 울리면 불안하다. 용수철처럼 침대에서 퉁겨 일어나 후다닥 탁자 위 전화기 화면을 보니 '시아버님'이라고 떴다.

갑자기 어디 아프신가? 불안한 마음 누르며 얼른 통화 버튼을 누르고 외쳤다.

"아버지! 이 시간에 어쩐 일이세요! 무슨 일 있으세요?"

둔전거리는 내 목소리를 따라 잠긴 아버지 목소리가 흘러나왔다.

"어! 꿈을 꿨어. 꿈에 우리 할머니가 나온 거야. 종호야, 종호야! 마치 생시처럼 부르는데 아, 막 달려가 할머니 품에 안겨 얼마나 울었는지 말이야. 근데 내가 진짜로 엉엉

통곡을 했나 봐. 옆에서 너희 엄마가 자다 놀라 깼어."

마치 소년처럼 내게 꿈 이야기를 했다. 그런 내게 다시 손녀, 우리 집 아이가 괜찮은지 재차 물었다.

"왜요? 할머님이 뭐라 말씀하셨어요?"

걱정스레 다시 물으니

"아, 원이가 독감이 심했잖아. 난 또 원이한테 무슨 일이 있어서 할머니가 꿈에 나타난 줄 알고 전활 한 거야. 애기는 괜찮지?"

확인하는 목소리가 조심스러웠다. 그랬다. 아버지는 꿈에 돌아가신 할머니가 보이자 반가워 울면서도 혹시나 아픈 손녀에게 무슨 일이 있나 싶어 늦은 시간인 줄 알면서도 전화를 했던 것이다.

"아니에요, 아버지. 괜찮아요. 입학식 사진 보내 드렸죠? 정말 괜찮아요. 꿈에 돌아가신 조상님이 보이면 길몽인디? 아버지! 로또 사세요. 로또!"

너스레를 떨었다. 그 말에 능글해진 아버지가 비로소 누그러진 목소리기에 그 꿈 팔라고 했다.

"아버지, 그 꿈 저한테 파세요! 백 원에 파세요. 얼른!"

그렇게 아버지한테 샀다. 시증조모님 꿈을. 시증조모님께 두남받으며 자란 어린 종호. 아비어미 잃고 외롭던 종호를 제주도 종달리 그곳에서 품어 키웠다던 시증조모님을 이젠 백발의 노인이 된 아버지 꿈을 통해 마음을 나눴다. 내 아이의 뿌리, 시증조모님을 시아버지 꿈길에서 느껍게 뵈었다.

고구마 덕분에

구청에 갔다가 마침 점심시간이어서 구내식당으로 내려갔는데 전화가 울렸다. 다짜고짜 이수경이냐고 묻는 연세 지긋한 할머니 목소리였다. 요즘 보이스 피싱 전화가 많아 조금 굳은 목소리로 누구시냐 되물었다. 그랬더니 다시 한번 이수경이냐고 묻는 것이다. 마지못해 그렇다고 했더니 고구마 주인이냐고 또 물었다. 고구마 주인?

땡동 땡동 음식 나왔다는 벨 소리며 사람들 먹는 소리, 웅성거리는 소리로 정신이 하나도 없는데 이게 무슨 말일까 싶어 누구시냐 재차 물었다. 그랬더니

"여기 xx빌리지 604호유!"

알만한 주소가 아니냐는 듯 힘주어 말했다. 한 층 위인 704호 당신 큰딸 집으로 고구마가 왔는데 수신인이 큰딸

이 아니란 것이다. 1704호 것이 잘못 왔나 하고 직접 1704호도 다녀왔다는 것이다. 그런데 거기도 아니라고 하니 여기저기 전화를 걸었던 모양이다. 눈은 잘 안 보이지, 우리 고구마는 아니지 하시며 찾게 되어 다행이라고 좋아했다. 그제야 상황을 알게 된 나도

"고맙습니다, 참 고맙습니다."

수화기에다 대고 배꼽인사를 드리고 단댓바람에 할머니 댁으로 향했다.

도착해서 초인종을 누르자 아, 화안하게 웃으며 맞아주는 인자하신 할머니.

"이것 보우."

기다렸다는 듯 현관에 둔 고구마 박스를 보여 주었다. 보낸 이는 '심은호' 라고 적혀있었다.

"아, 맞네요. 서산에 사는 지인이 보낸 거 맞네요."

화들짝 반가워하며 고구마 박스 앞에 쪼그려 앉았다. 이렇게 감사할 수가…… 순간 긴장했던 조금 전 일은 봄눈 녹듯 사라지고 할머니 손도 심은호 선생님 손도 덥석 잡았다. 고구마 박스가 물끄러미 나를 쳐다보는 듯했다. 마치 길 잃은 아이가 엄마를 찾은 듯 안심하는 표정 같았다.

'고구마야, 이제 걱정 마.' 나도 속으로 위로를 보낸 다음 그 자리에서 고구마 박스를 열었다. 그런 다음 윤기 흐르고 굵은 고구마를 열댓 개 꺼내며

"보내준 선생님도 이해해 줄 거예요. 유기농 고구마예요. 삶아 드세요."

할머니한테 내밀었더니 아니라고 다급하게 손을 내저었다. 한참을 그렇게 실랑이를 벌이다가 맛나게 먹겠다는 할머니 인사를 뒤로한 채 나머지 고구마를 챙겨 나왔다.

아, 그런데 그 할머니가 우리 할머니였으면 싶었다. 할머니 품에 안겨 어리광을 부리고 싶을 만큼 따뜻한 분이었다. 주소를 잘못 적은 덕분에 돌아가신 할머니를 만난 듯 행복했던 날, 고구마에다 대고도 자꾸 인사를 했다. 고맙다, 고맙다고. 애정으로 채워진 하루에게도 그렇게 인사를 했다.

인연

아이와 15층에서 승강기를 탔는데 10층에서 띵 신호음과 함께 섰다. 승강기 문이 열리고 다급하게 타는 아! 안녕하세요? 1002호 아주머니였다. 평소에 오며 가며 인사를 나눠서 반갑게 인사를 했다. 그런데 내 인사에 설핏 웃음만 짓던 아주머니가 몹시 초조한 듯 보였다. 손에 든 휴대전화를 열어 보고, 속이 타는 듯 마른침을 삼키더니 내게

"저, 오늘 중요한 회의가 있는데 늦었어요. 차가 고장 났나 봐요, 시동이 안 걸려서 택시를 아무리 섭외해도 없어요. 어떡해요. 저 어떡해요?"

사색이 되어 발을 동동 굴렀다. 그러는 동안 승강기는 1층에 도착했고, 학교 가는 아이에게 눈인사로 배웅한 뒤

아주머니에게

"저, 제 차를 타고 가실래요?" 조심스럽게 물었다. 그랬더니 기다렸다는 듯 반색을 하며 외쳤다.

"네! 그래만 주신다면 이 은혜 잊지 않을게요. 멀지 않아요. 가까워요. 7분 거리예요. 학교가!"

학교라는 말에 퍼뜩 생각이 났다. 아, 맞다. 선생님이셨지. 오며 가며 들은 기억이 났다. 아무튼 나는 생각하고 말 것도 없이 차 열쇠를 가지고 내려와서 서둘러 시동을 걸었다.

달리는 동안 조수석에 앉은 선생님은

"이 신세를 어떻게 갚아요, 정말 이런 일은 처음이에요."

이제야 좀 진정이 되는지 계속 미안해하기에

"신세 좀 지세요. 신세도 지고 그러면서 사는 거죠. 그래야 나중에 저도 신세 좀 지죠." 웃었더니 그제야 마음이 놓이는지 표정이 밝아졌다.

아파트 옆 텃밭에 농사를 짓느냐고 물어서 그렇다고 했더니 그럼 주말에 볼 수 있냐고 물었다.

"돼지감자를 심을 거예요. 좀 나눠 드릴 테니 심을래요?"

그렇지 않아도 심으려던 작물이기에 "아! 좋아요, 좋아!" 명랑하게 외치니 슬쩍 나이를 물었다. 내가 나이를 말하자 동갑이라며 친구하자고 했다.

"나는 심은숙이야, 친구가 돼 주어서 고마워."

리듬을 넣어 아이처럼 말하기에 나도 "응, 나는 이수경이야. 친하게 지내자." 말하며 아이처럼 웃었다.

그러는 동안 근무하는 중학교까지 6분 만에 도착했고, 친구가 된 선생님은 정문 앞에서 내려 학교 안으로 빨려 들어갔다.

중학교에서 사회를 가르친다는 심은숙 선생님과 나는 주말에 만나 돼지감자를 심었다. 밭틀에 앉아 가지고 간 개떡도 나눠 먹으며 데지 않게, 얼지 않게, 시나브로 친구가 되어갔다. 이제는 정년퇴직한 제 남편 걱정도 나누고, 교사 퇴직 후 동화를 써보고 싶다는 말에 먼저 동화를 많이 읽어보라고 귀띔도 해주었다.

텃밭에 심은 연둣빛 감자 싹이 땅을 비집고 나오듯 오늘 하루만큼 은숙이와 내 우정도 조금씩 자라고 있다. 아직도 가야 할 길이 많이 남은 삶 속에서 무럭무럭.

사과 두 알

인터폰이 울려서 받으니

"이수경 씨요!"

내 이름을 대는 택배 아저씨의 씩씩한 목소리가 들렸다. 주문한 책이 왔나 싶어 접질린 발목을 절뚝이며 현관을 열었는데 마침 택배 아저씨가 현관문 밖에 커다란 박스를 내려놓고 있었다.

사과박스였다. 충주로 귀농한 친구가 사과밭에 떨어진 녀석들을 보냈다고 하더니 지금 온 것이다. 나는 다시 승강기를 타려는 아저씨를 다급하게 불러 세웠다.

"아저씨! 죄송해요. 발목을 다쳐서요. 현관까지만 좀 들여와 줄 수 없을까요?"

"아, 네. 그럼요!"

조금도 망설임 없이 얼른 박스로 다가와 엎드리는데 뒷목에 파스가 여러 겹이다. 사과박스를 든 팔목도 압박붕대로 동여매 있었다. 아저씨가 현관에 들여놓고 인사를 매달고 후다닥 나가는 동안 어쩜 좋아, 승강기가 내려가 버렸다. 그때 들렸다. 꼬르륵 소리. 뱃속이 텅텅 비었을 때 나는 소리. 밥 달라는 소리. 그 소리가 승강기 버튼을 누르고 서 있는 아저씨에게서 났던 것이다.

그 순간 나는 아픈 발목 따위는 잊었다. 후다닥 뛰어 들어가 얼른 사과 박스를 뜯어 새붉은 사과 두 개를 꺼냈다. 그런 다음 부리나케 싱크대로 달려가 사과를 씻었다. 승강기가 방금 내려갔으니 다시 올라오는 시간을 계산하며 빛의 속도로 씻었다. 그래도 모를 일이다. 구르듯 내달려 밖으로 나갔더니 마침 승강기가 도착했는지 문이 열리고 있는 것이 아닌가.

"아저씨, 이 사과 드세요. 유기농 사과예요."

허겁떨며 승강기 안으로 사과를 내밀자 아저씨 구릿빛 얼굴이 환해졌다. 고맙다며 깊게 허리를 숙여 인사를 하는 동안 승강기 문이 닫혔다. 누군가의 아버지이자 한 가정의 가장일 아저씨에게

"건강하세요!"

우렁우렁 외친 내 마지막 인사도 승강기를 따라 내려가고 있었다. 평범한 순간이 중요한 순간으로 메워지던 아름다운 날이었다.

실내화 짝짝

갓밝이에 산책을 나갔더니 어일싸! 하얀 실내화 한 짝이 떨어져 있었다. 지척에 중학교가 있으니 그 학교 학생 것이 분명했다. 그 순간, 조금 전 정신없이 나를 지나쳐 뛰어가던 여중생이 떠올랐다. 뛸 때마다 채 마르지 않은 절박머리가 하늘을 향해 솟구치고 등에 맨 가방이 털썩거렸다. 아무튼 난 머뭇거릴 틈이 없었다. 단댓바람에 실내화를 주워 들고 뛰었다. 곧 예비 종 칠 시간이었다.

생각해 보라. 실내화 갈아 신으려다 한 짝 없는 걸 알고 월요일 아침부터 얼마나 당황스러울까. 생각조차 하기 싫었다. 물론 오다가 흘렸구나. 어째! 싶겠지만 한 짝만 신고 다닐 수도 없고 다시 학교 밖으로 나가 실내화를 찾아나설 수도 없는 아차하면 지각인 순간인데 아무튼 그 아이 마음 생각하면 지체할 틈이 없었다.

　그래서 오던 길을 되돌아 그 중학생이 뛰던 방향으로 뛰었다. 추워 꽁꽁 싸맸던 옷 속으로 주르르 땀이 흘렀다. 그래도 곧 학교다. 교문이 보였다. 조금 언덕길임을 이제야 알았지만 헐떡이며 허적허적 교문 앞까지 왔는데 아, 여학생 하나가 보였다.

　실내화 한 짝은 신고, 실내화 주머니를 털며 난감해하고 있는 게 아닌가. 저 녀석이구나. 직감하며

　"학생! 여기, 여기! 이 실내화 학생 거죠?"

　새된 목소리로 외치자 그 녀석 얼굴이 화들짝 밝아지며 달려와 실내화를 받아들었다. 그제야 보였다. 교문에 서 있던 학생주임 선생님과 학생부 선배 둘이. 지각생을 잡거나 복장 불량이거나 실내화 안 신는 학생을 지도하던 중인 것을.

　뽀얀 실내화는 마치 신데렐라 유리구두처럼 여학생 발에 꼭 맞았다. 때마침 수업 종이 울렸다. 그 녀석은 허리가 끊어져라 인사를 연거푸 하더니 교실 쪽으로 내달렸고, 선생님과 학생부원들도 총총히 떠나갔다.

　그제야 긴장이 풀려 터벅터벅 집으로 향하는데 엄마야, 저건 또 뭐야! 또 저만치 실내화가 한 짝 보였다. 실내화

맞지? 눈을 크게 뜨고 다가가 보니 예상대로였다. 또 다른 실내화 한 짝이었다. 오늘 대체 무슨 일이래. 나 혼자 중얼거리며 실내화를 주워들었다. 이번에는 누런 실내화 한 짝. 이제는 어쩔 수 없구나 싶어 눈에 잘 띄게 왕벚나무 가지에 걸어 두었다. 하굣길에 만나면 얼마나 반가울까? 빙긋이 내 웃음도 함께 걸어두었다.

우산과 초콜릿

근처 초등학교 횡단보도를 건너오면서 빗방울이 굵어졌다. 다 건넌 다음 뒤돌아보니 오늘 횡단보도 안전지킴이로 나온 젊은 아버지가 안전 깃발을 든 채 몸을 잔뜩 움츠리며 발까지 동동거리는 것이 보였다.

얼른 손목시계를 보니 여덟 시 삼십오 분. 아홉 시까진 횡단보도 지킴이를 해야 하니 이십오 분이나 더 서 있어야 한다. 투둑 투둑 투투투투, 내가 쓴 비닐우산에 떨어지는 빗방울 소리가 예사롭지 않았다. 나는 잠시 주춤했다. 이 우산을 드리고 갈까?

비록 주유소에서 준 조그만 비닐우산이지만 도움이 되지 않을까? 하는 생각 끝에 내 걱정도 되었다. 집까지 족히 이십 분은 비를 맞고 뛰어야 했다.

어쩌지? 고민하는 사이 빗방울은 더 거세졌고, 그러는 사이 신호등이 바뀌었다. 순간 나는 생각이고 뭐고 방금 건너온 횡단보도를 다시 달려 횡단보도 끝에 선 젊은 아버지에게 달려가 우산을 내밀며 빠르게 외쳤다.

"이거 쓰세요! 안 돌려주셔도 돼요! 아이들 지켜주셔서 참 고맙습니다."

그러고는 다시 뒤돌아 내달렸다. 아, 그렇게 내달리는 동안, 내 얼굴을 때리는 작달비. 오랜만이지? 나 어릴 때 학교 끝나고 우산 없이 집까지 달리던 그때 생각나니?

가슴이 시키는 대로 오늘도 기분 좋은 날! 내 심장이 뛰고 있었다. 괜히 킬킬거리고, 들썩이며 달렸다.

그런데 오늘 산책을 나갔다가 무심코 학교 앞 건널목에 섰는데 맞은편에서 젊은 남자가 손을 흔들었다. 내 옆에 선 아이 아버지인가? 아니면 그 옆에 선 여자의 남편인가? 이런저런 생각을 하며 길을 건너는데 남자가 내게 활짝 웃는 것이다. 어리둥절하며 남자를 바라보는데

"안녕하세요! 저 기억하시죠? 제게 우산 주셨잖아요. 저번에 비 오는 날에."

싱그러운 웃음과 함께 우산을 쓱 내미는 게 아닌가. 그때 옆에 섰던 지킴이 옷을 입은 젊은 엄마도

"네, 제 남편이 매일 이야기를 했어요. 몇 번 함께 나왔는데 오늘 뵙네요. 나올 때마다 우산을 들고 나왔는데 오늘 이렇게 뵐 수 있어서 참 기뻐요."

부부였던 것이다. 오늘 아내가 지킴이를 나왔지만 출근시간이 조금 자유로운 직업이라 혹시나 하며 또 나와 봤다고 했다. 그러면서 남자가 주머니에서 초콜릿 한 통을 꺼내 건네며 계속 넣고 다녔다고 했다. 덕분에 그날 감기에 안 걸렸다며 햇살처럼 웃었다. 그렇게 헤어져 걸어오면서 초콜릿 통을 열어 하나 입에 넣었다. 진한 초콜릿 향이 입 안에 번졌다. 참새들이 돋을양지 물고 호르르호르르 나를 쫓아오던 아침이었다. 견고한 인정이 내 삶을 채우던 아침이었다.

그래서 식구!

꽃눈이 흩날리던 어느 봄날, 낮에 쓰레기 분리를 마치고 주차장 쪽으로 가는데 툇나무 쪽에서 담배 냄새가 났다. 무심결에 봤더니 어른이 아니었다. 담배를 피우고 있는 남자아이가 보였다.

고작해야 열네다섯 살 정도 돼 보이는 왜소한 체격의 아이였다. 그 아이도 내 눈길을 느꼈는지 슬그머니 화단 쪽으로 피하는데 난 어느새 남자아이 쪽으로 다가갔다. 다가가며

"아들!"

아들이라고 크게 부르자 눈이 뚱그래져 쳐다봤다. 담배를 손 안으로 감싸고 엉덩이 뒤쪽으로 손을 숨겼다. 뱀뱀이가 없는 아이는 아니었다.

"담배, 끊는 게 좋아. 가래가 20년이 지나도 끊어. 건강하게 살아야지. 네가 이 세상에서 제일 소중한데 아프면 어떡해. 네가 없으면 이 세상도 없어."

그러자 아이가 "죄송합니다." 꾸벅 인사를 하며 담배를 버렸다.

"아니야, 나한테 죄송할 것 없어. 너를 위해서야."

다정하게 말투를 바꿨다. 정말 내 아들처럼, 내가 엄마가 된 듯 눈물이 나려 했다. 그런데 아이의 눈빛에도 슬픔과 외로움이 가득했다.

동생 때문이라고 했다. 목조차 가눌 수 없어 휠체어에 지지대를 세워 이마와 묶어야 할 만큼 중증장애인인 여동생이 6학년이라고 했다. 그런데 최근 생리를 시작하면서 몸 약한 엄마 혼자 동생을 씻기고 있다며 울먹였다. 여동생도 수치심을 느끼는지 생리를 할 때면 아버지와 오빠를 근처에도 못 오게 한다고 했다. 차라리 자신이 여자로 태어났더라면 어머니나 여동생에게 도움이라도 됐을 거라며 고개를 숙였다.

사람을 쓰려고 여기저기 알아봤지만 모두 거절을 했다며 아이가 젖은 눈을 드는데 순간 내가 무릎을 탁 쳤다.

"아줌마도 여기 같은 아파트잖아. 나도 여자잖아. 아무

문제 없잖아?"

우스꽝스러운 표정을 지으며 말했더니 아이 눈이 커졌다. 여세를 몰아

"몇 동 몇 호에 사니? 아줌마는 집에서 일을 하니 시간이 자유로워. 동생을 도울 수 있겠어!"

내가 눈빛을 빛내자 힘없던 아이 눈동자도 화들짝 빛났다.

"자, 이제 우물쭈물하지 말고, 내 연락처를 받아. 어머니한테도 말씀드리고. 그럼 걱정 끝이지?"

그날 아이는 내가 내민 명함을 받아들고, 어떻게 이런 일이! 어떻게 이런 일이! 혼잣말처럼 입말을 하며 울다, 웃다 했다.

담배도 끊겠다고 다짐했다. 우리가 처한 어려운 상황이나 환경을 다른 누군가는 거뜬하게 이겨내고 있다고 말하니 선뜻 말이다.

그 후, 자원봉사자로 여동생 성아를 만날 수 있었다. 가끔 커다란 학원 가방을 메고 주차된 자동차 사이로 사라지는 그 녀석을 봤다. 훨씬 밝아진 모습에 훨씬 가벼워 보이는 발걸음을 보며 나 혼자 싱긋이 웃었다.

다음에 만나면 불러 세운 뒤 담배를 끊었나, 안 끊었나,

후우 불어보라고 해야지. 고난은 누구에게나 찾아든다는 걸, 동시에 기회도 함께 온다는 걸 말해주면서 말이다.

내 경적 소리를 들어라!

　충주로 향하던 편도 2차선 고속도로였다. 나는 2차선을 달리며 내 앞에 달리는 1톤 트럭이 아무리 생각해도 너무 안 가 1차선으로 차선 변경을 했다. 그런 다음 2차선 트럭과 나란히 달릴 때 즈음 2차선 트럭 운전사 쪽을 힐긋 보던 순간 경악을 금치 못했다.

　트럭운전사가 휴대전화로 격투기 동영상을 보고 있는 게 아닌가. 그것도 휴대전화를 왼손에 든 채 시시덕거리면서 말이다. 나는 나도 모르게 외마디 비명을 질렀다. 아찔했다. 세상에나. 말도 안 돼. 시선은 동영상에 거의 고정되어 있었고, 가끔 전방을 한 번씩 쳐다보는 정도였다. 다행히 트럭 앞을 달리는 소형승용차는 200미터 정도 앞서 달리고 있었다.

토요일 오전 열한 시 무렵/ 고속도로 2차선을/ 동영상을 보며/ 100km 이상의 속도로 달리는 트럭/ 삼십 대 중반 정도 된 남자/ 아니 미친x!

일촉즉발. 어찌 됐든 위험했다. 동영상 보는 행위를 멈추게 해야 했다. 나는 조수석 창을 내리고는 경적을 울리기 시작했다.

'빵빠아아아아앙 빵! 빠아아아아앙! 빵 빠아아아앙!'

그 소리가 들리지 않았을까? 나란히 달리는 승용차가 저렇게 크게 경적을 울리는데도? 대체 주위도 살피지 못할 만큼 동영상에 빠져 있는 거야? 당신 죽는 거야 억울하지 않겠지만 다른 사람은? 다른 사람들은 무슨 죄야. 화가 치밀었다. 다시 경적을 울렸다.

'빵 빠아아앙, 빵 빵빠아아아앙!'

소용없었다. 아무리 애를 써도 남자는 꿈쩍도 하지 않고 동영상에 시선이 고정되어 있었다. 룸미러로 보니 내 뒤로 달려오는 승용차가 200미터 후방에 보이기 시작했다. 피해줘야 했다. 가속을 해서 2차선, 트럭 100미터 앞으로 차선변경을 했고, 트럭은 점점 뒤로 밀려났다.

그렇게 내 시야에서 멀어진 트럭은 내가 나들목을 빠져나오면서 완전히 사라졌다. 그렇지만 지금도 내겐 현재

진행형이다. 이 글을 쓰는 순간에도 나는 그 트럭과 나란히 달리며 경적을 울리고 있다. 세상에서 제일 크게

'빵 빠아아아앙, 빵 빠아아아아아앙.'

"앞을 봐!"

고래고래 악을 쓰며.

나쁜 것이란 대부분 그 가치에 비해 값이 비싸다는 것을 알리려고

'빵 빠아아아앙, 빵 빠아아아아아앙!'

그 이름 김옥주

남산터널을 빠져나와 한남대교 방향으로 신호 대기하고 있다가 뒤차에게 들이받히는 사고를 당했다. 내가 탄 승용차가 약 2미터가량 앞으로 튕겨 나갔고, 결국 입원을 했다. 다행히 큰 외상은 없어서 입원한 지 일주일 만에 퇴원을 했다. xx한방병원 510호 병실, 그때 내 병상 옆 김옥주 할머니도 건널목 건너다가 교통사고를 당해 입원했지만 내가 먼저 퇴원하던 날 할머니는 자꾸 울었다. 가지 말라고, 언제 다시 보겠냐고. 할머니 깁스 한 왼쪽 다리에 내 전화번호를 적으래서 적어드리며 수시로 전화하시라 당부하고는 간신히 병실을 빠져나왔다.

우리는 입원한 첫날부터 단단히 정이 들었다. 내가 입맛이 없다고 밥을 밀어내면 먹는장사 아무도 못 이긴다며

"억지로라도 밥을 밀어 넣어. 나 봐, 이런 늙은이도 안 죽으려고 먹잖아?"

크게 밥 한 숟가락을 떠서 입에 넣고 맛나게 잡숫는 시늉을 했다. 통증으로 뒤척이면 나란히 누운 내게 두런두런 할머니 옛이야기도 해주었다. 내가 손을 뻗어 할머니 얼굴에 굵게 팬 골 깊은 주름을 꾹꾹 눌러 펴는 시늉을 하면 할머닌 "그게 펴지면 좋게?" 헛헛하게 웃었다. 어금니 두 개만 간신히 남아 말을 할 때마다 틀니 한 축이 떨어질 듯 덜렁덜렁하던 할머니. 아들 셋에 며느리, 손자 자랑 끝없다가 열흘이 넘도록 면회 한 번 없는 쓸쓸함에 목 놓아 울기도 했다.

"병원에서 나가면 갈 곳이 없어."

허리춤에 꼭꼭 넣어둔 쌈짓돈이 떨어지면 병원을 나가야 한다던 할머니.

"내 이름은 김옥주야. 잊어 먹지 마!"

만날 내게 손가락을 걸며 약속을 받아내던 할머니에게 마침 내가 퇴원한 다음 날이 생신날이라 미역국을 끓여갔다.

"내가 음력 동짓달 열아흐레에 태어났거든?"

하시던 할머니 레퍼토리를 기억했다며 미역국을 보온

병에 담아 병실로 가져갔을 때 김옥주 할머닌 목이 멘다며 한참 동안 숟가락을 들지 못했다. 첫날밤 회상하며 소녀처럼 웃던 할머니, 황해도 연백에서 피난 내려왔다던 할머니.

"아이들은 배고파 울고, 어떡해. 누가 성황당에 치성 드리고 두고 간 그 밥을 치마폭에 싸가지고 와 물을 잔뜩 넣고 끓여 몸져누운 시어머니와 애들에게 먹였어. 혹시 죄받을까 봐 내가 먼저 한 숟가락 떠먹었어. 그렇게 자식들을 키웠어."

그 아름다운 이름 김옥주. 아직도 나는 동짓달 열아흐레가 되면 김옥주 할머니가 생각나서 미역국을 끓인다. 이 세상, 아니면 또 다른 세상에서 내가 할머니를 기억하는 것처럼 나를 기억할지 모르는 김옥주 할머니를 그리워하며.

이웃

친구들 기억 속에 난 조용히 책만 읽던 아이였다니,
늘 외롭고 고독한 아이로 기억되지 않았다는 것에 안도했다. 그날
나는 내 유년의 이야기를 다시 제대로 고쳐 쓴
동화책 한 권 선물 받은 기분이었다.

이웃이라는 이름

"엄마! 담배 냄새 나!"

아이가 외치는 소리에 달려갔더니 작은방에 담배 연기가 가득했다. 방 베란다를 보니 아래서 담배 연기가 뿌옥 뿌옥 올라왔다. 부리나케 창을 닫았지만 들어온 연기를 어찌 빼나. 다시 후다닥 현관으로 내달려 문을 열었다. 다행히 열린 앞 베란다를 통해 맞바람이 불었다. 하루 이틀도 아니고, 절로 한숨이 나왔다. 창을 열어 놓고 살아야 하는 계절인데도 담배 연기가 언제 들이닥칠지 몰라 문을 닫기 일쑤였다. 비염이 있는 아이 코에서 연신 말간 코가 흘러내렸다. 정말 이렇게 어찌 사나, 새로 이사 온 아래층 사람들, 얼굴도 모르는 사람들이 미워졌다.

견디다 못해 경비실에 하소연하자, 경비 아저씨는

"그 집에 남자만 싯 살어, 팔순 영감님, 쉰 넘은 아들, 갓 제대한 손자. 안 그래도 전달사항이 있어 가 보니께, 할머니는 작년 봄에 폐암으로 돌아가시고, 며느리도 달포 전에 교통사고로 잃었다지 뭐여. 거실이 뿌옇도록 어찌나 담배를 피우던지……. 암튼 내가 말흐께. 공동주택인디 담배 연기는 안 되지."

고개를 저으며 말했다.

인터폰을 끊자마자 서둘러 냉장고 문을 열었다. 주섬주섬 만들어 둔 나물반찬 몇 가지를 꾹꾹 눌러 담고, 마침 한 통 끓여 놓은 곰탕도 큰 통에 덜어 아래층으로 내려갔다. 초인종을 누르자 기척도 없이 딸깍 문이 열렸다. 어르신이 담배 연기로 뿌연 거실을 등지고 서서 누구냐고 물었다.

"안녕하세요! 인사가 늦었지요? 위층에서 왔어요. 이것 좀 드세요."

말끝에 쑥 내미는 비닐봉지를 열어 보며 이게 웬 거냐고 했다.

"제가 손이 커서 찬을 많이 만들었어요. 드세요."라며 벙시레 웃자 어르신이 대뜸 "미안허요. 담배 연기 땜시 애 묵었담서. 그래도 이리 마음 써 주니 고맙소." 긴장을 풀며 말꼬리를 흐렸다.

여자가 떠난 집에서 남자들이 할 일이라곤 서걱거리는 외로움과 마주치지 않으려는 몸부림뿐이었으리라. 이윽고 어르신의 눈가에 시린 물기가 잡혔다.

그 후로 자주 불쑥불쑥 먹을거리를 나눴다. 고등어자반 물이 좋아서, 참외를 한 보따리나 사서……. 그럴 때마다 어르신은 구순하게 날 반겼다. 담배 피우러 밖으로 나가던 아들, 손자와도 수줍은 인사를 나누며 웅크렸던 관계가 풀렸다.

쏴아아! 아, 오랜만에 비였다. 그래! 국수 삶을까? 한 소쿠리 삶아 오이냉국 부어 아래층과 나눠 먹을까? 내 콧노래가 가벼웠다.

천사를 만난 곳

국제 아동 도서전 참관을 위해 비행기에 올랐다. 목적지는 이탈리아 볼로냐. 약 열두 시간의 비행 끝에 밀라노에 내린 뒤 버스로 두 시간을 더 달려 볼로냐에 도착했다.

말로만 듣던 국제 아동 도서전은 그야말로 세계 어린이책의 축제였다. 그런데 어딜 가나 날 난처하게 만드는 것이 있었으니 그것은 바로 '요실금'이었다. 다행히 도서전에서는 화장실 문제가 없었는데 시내로 나가면서 당황했다. 우리나라처럼 공중화장실이 많지 않았기 때문이다. 더구나 영어가 아닌 이탈리아어로 의사소통해야 하니 더욱 문제가 되었다. 마조레 광장을 갈 때만 해도 별문제가 없었다. 그런데 산페트로니오 대성당에 들어서자 화장실이 급했다. 이리저리 둘러봐도 화장실 표시가 보이지 않앉다. 망설일 틈이 없었다. 부리나케 광장 건너편에 있는 햄버거 가게로 달렸다. 조금 전에 들러 요기했던 햄버거 가게 2층에 화장실이 있었고, 비밀번호도 알았기 때문이다. 그런데 아뿔싸! 화장실 문에 '고장' 표시가 있는 게 아닌가!

다시 밖으로 뛰쳐나와 대성당으로 내달렸다. 세계에서 다섯 번째로 큰 성당 안에는 성스러움과 거룩함만 가득했다. 거친 숨소리를 간신히 부여잡고, 안쪽 깊숙이 들어가자 오른쪽에 내 키의 두 배나 되는 커다란 나무문이 조금 열려 있었다.

똑똑, 노크를 하자 문이 삐걱 열렸다. 아, 그런데 그곳엔 산타 할아버지처럼 인자한 성직자들이 회의를 하던 중이었는지 빙 둘러 앉아 있다가 일제히 나를 쳐다봤다. 그중 한 분이 왜 왔냐고 묻는 것 같아 쭈뼛쭈뼛 들어서서 "토일렛! 토일렛!" 웅얼거렸지만 고개를 갸웃거리는 것이었다. 아, 나는 결국 보디랭귀지를 하고야 말았다. 먼저 얼굴을 마구 구긴 채 아랫배를 두 손으로 움켜쥐고, 발을 동동 구르는 시늉을 했다. 그랬더니 성직자들이 웃음을 터트렸다. 아, 이건 꿈일 거야. 정말 울고 싶었다. 그때 한 분이 웃음을 머금은 채 다가오더니 따라오라고 손짓했다.

그분을 따라 나가 성당 안쪽 문을 열자 아, 마침내 화장실이 보였다. 화장실! 정말이지 그곳에서 나오고 싶지 않았다. 내겐 천국처럼 느껴졌다. 지금 생각해 보면 내 우스꽝스러운 몸짓에 화장실로 안내한 성직자는 천사가 아니었나 싶다. 그랬다. 그 먼 이국땅 이탈리아 볼로냐, 산페트로니오 대성당에서 나는 천사를 만났던 것이다.

인정의 볍씨 하나씩 품고

고속도로 요금소를 빠져나와 나들목에서 막 서울 방향으로 들어섰을 때다. 앞서가던 자동차들이 급하게 속도를 줄였다. 깜빡깜빡 비상 점멸등을 켜더니 운전대를 틀어 갓길로 피해 가는 모습이 보였다. '어, 무슨 일이지?' 자동차 통행량이 많은 곳이긴 하지만 정체는 흔치 않은 일이었다. 나도 얼른 비상 점멸등을 켜고 앞을 살피는데 아뿔싸! 도로 바닥이 조팝나무 꽃 이불이 펼쳐진 듯 온통 뽀얀 것이 아닌가! 자동차들이 지날 때마다 빠득 빠득 빠드득 타이어에 짓이겨지는 소리가 났다.

아, 그랬다. 그것은 쌀, 쌀이었다. 방아를 찧은 새하얀 쌀이었다. 앞서가던 트럭에서 쌀 포대가 떨어진 것이었다. 창문을 열고 앞을 살피니 도로 바닥에 떨어져 터진 쌀 포대를 쥐고 어찌할 바 몰라 하는 할머니, 할아버지가 보였다.

나들목을 빠져나가는 자동차들은 그들에게 경적을 울리며 빨리 치우라고 고함을 질렀다. 나를 따르던 자동차도 비키라는 듯 계속 경적을 울려 댔다.

'어떻게 하지?' 중요한 약속이 있어 나선 길이었다. 어느새 약속 시간이 다가오고 있었다. 그렇지만 그냥 갈 순 없었다. 다리가 불편한지 절뚝이는 할머니가 쌀 포대를 트럭 쪽으로 끌고 가려고 안간힘을 쓰는 모습을 보며 얼른 자동차에서 내렸다. 그런 다음 뒤따르던 자동차들이 갓길로 비켜 갈 수 있게 수신호를 보냈다.

할머니가 그런 내게 미안해하며 말했다.

"갑자기 개가 튀어 나왔슈! 피하느라 핸들을 꺾었는데 이리 됐슈. 워째유, 지송해서 워째유."

할아버지, 할머니의 주름 박힌 얼굴에서 굵은 땀방울이 후드득 떨어졌다.

그때였다. 다른 자동차에서 하나둘 사람들이 내리는 게 아닌가! 그러더니 눈 더미처럼 도로에 쌓인 쌀을 포대에 담기 시작했다. 쌀을 쓸어 담은 포대 주둥이를 여며 트럭에 싣는 사람, 다행히 터지지 않은 쌀 포대를 함께 들어

트럭에 올리는 사람도 있었다. 그러자 더 이상 고함치거나 경적을 울리는 운전자가 없었다. 덕분에 십여 분이 채 지나지 않아 할아버지의 트럭은 떠날 수 있었고, 함께 도왔던 사람들도 총총히 제 갈 길로 떠났다.

낯모르는 사람들이 서로 따뜻한 인정의 볍씨 하나씩 품고 떠난 그날만 생각하면 흩어졌던 미소가 입가에 부푼다. 오늘따라 찔레꽃 향기 아슴아슴 푸지다.

혹시 아이들이?

차를 몰고 아파트 지하 주차장으로 내려가던 순간이었다. 고등학생으로 보이는 엄장한 남자아이 무리가 눈에 들어왔다. 얼핏 네댓쯤 되어 보였다. 그때 경비원이 운전석 옆을 잰 걸음으로 지나며 "요것들, 딱 걸렸어!" 갈아붙이기에 왜 그러냐고 물으니 불이 날 뻔했다는 것이다. 어제 지하 주차장 구석에서 모닥불 피운 흔적을 발견했다며 목청을 높였다. CCTV에는 안 찍혔지만 이 아이들이 맞는 것 같다고 했다. 요즘 애들 무서우니 경찰을 불러야겠다는 걸 얼른 막아섰다. 확실치 않으니 좀 더 살펴보자고 말한 뒤 서둘러 차를 몰아 내려갔다. 만약 이 아이들이 그랬다면 오늘 다른 일을 벌이기 전에 막아야 했다. 전조등이 켜지고 얼마 지나지 않아 지프차 옆을 서성이는 아이들이 보였다. 나는 그 앞으로 가 차를 세운 뒤 "아들!" 우렁우렁 외치며 차에서 내렸다.

"아들! 왜 그 차 앞에 있니? 그러고 있으면 어른들이 오해해! 나쁜 일 하는 줄 알고!"

다가가 말하니 여드름이 잔뜩 돋은 아이가 불쑥 나섰다.

"아니에요, 저희 아빠 찬데 서류 봉투 꺼내 오라고 시켜서요."

그러고 보니 손에 열쇠가 들렸다. 마침 경비원이 다급하게 달려왔다.

"야! 니들 어제 여기 불낸 놈들이지!"

왈왈하게 언성을 높이자 아이들이 "아니에요!" 눈이 뚱그래져 외쳤다. 억울함이 역력했다. 나는 얼른 경비원 팔을 잡아당기며 아이들에게 말했다.

"어제 그런 일이 있었대. 음, 그럼 우리 오해 없도록 아버지에게 전화 한 통만 드리자. 아들아, 괜찮지?"

그러자 아이가 휴대전화를 꺼내 버튼을 누르더니 내게 쑥 내밀었다. '아빠'라고 적힌 벨이 울리더니 이내 굵직한 목소리의 남자가 전화를 받았다. 자초지종을 설명하자

"아, 예! 제가 차에서 뭘 좀 꺼내 오라고 시켰어요, 고맙

습니다."

하는 목소리가 전해져 왔다.

통화 내용이 들렸는지 아이들 얼굴빛이 것 보라는 듯 밝아졌다. 경비원도 그제야

"아, 그럼 어떤 놈들이야, 내 잡히기만 해 봐."

겸연쩍어하며 자리를 떴다. 나는 아이들에게 사과했다. 그랬더니 "아니에요. 괜찮아요." 하며 굼슬겁게 웃었다. 아니라고 했지만 나 역시 아이들을 예비 범죄자 취급한 것은 아닌지 부끄럽고 미안해서 자꾸만 자꾸만 굽적거렸다.

악한 끝은 없다

산책을 나선 길이었다. 집 근처 초등학교 에움길을 막 돌아서는데 "엄마! 아아악!" 찢어질 듯 여자아이 비명이 들려왔다. 놀라 돌아보니 후문 쪽 길 가장자리에 하교하는 아이 서너 명이 빙 둘러선 모습이 보였다. 그 속에서 다시 "으아앙!" 울음소리가 터져 나오자 난 생각할 것도 없이 "뭐니?" 몹시 호된 벼락을 지르며 달려갔다. 그러자 내 소리에 뒤돌아보던 남자아이들이 양쪽으로 갈라지면서 그 사이로 여자아이 하나가 두려운 울음을 토해 냈다.

"저 애들이요, 두꺼비를…… 두꺼비를……."

여자아이가 손가락으로 땅바닥을 가리켰다. 축 늘어진 두꺼비가 허연 배를 드러낸 채 내장이 파헤쳐졌다. 그 옆엔 웃음기를 머금은 남자아이들이 우산대를 나눠 쥐고 있었다. 내장을 헤집으며 장난친 게 분명했다. 나도 모르게 고함을 꽥 질렀다.

"뭐여, 너희! 너희가 죽였니?"

아이들을 노려보며 물었다. 아이들은 웃음기를 거두고 뒤로 주춤 물러섰다.

"아니에요, 다른 애들이 패대기쳤고요, 우리는 우산대로 장난만 쳤어요!"

죄책감이라고는 전혀 찾아볼 수 없었다. 나는 그 표정들에 하나하나 눈을 맞추며 말했다.

"너희 중에 '착한 끝은 있어도 악한 끝은 없다' 라는 속담, 아는 사람!"

저희끼리 서로 마주 보며 눈을 똥그랗게 뜨다 "그게 무슨 말이에요?" 천진하게 되물었다.

"착한 일을 하면 그걸로 끝이지만, 악한 일을 하면 끝없이 반복된다. 즉 너희가 다음 생에 이 두꺼비로 다시 태어나 똑같이 고통당한다는 뜻이야."

아이들은 "진짜요?" 하며 하나둘 슬그머니 우산대를 떨어트렸다.

"이 두꺼비는 물론, 개구리, 고양이, 강아지, 병아리, 그 어떤 생명도 함부로 앗을 권리는 아무도 없어. 생명은 모두 똑같이 소중해. 인간이 만물의 영장이란 말 따위는 대체 누가 한 말이야?"

음성을 높이는 척했더니 아이들이 "묻어 줄까? 묻어 주자." 두려운 목소리로 서로를 툭툭 쳤다. 나는 그런 아이들과 길 건너 밭두렁에 두꺼비를 묻어주었다. "두꺼비야, 미안해.", "편히 쉬어, 잘못했어." 아이들의 울먹울먹 작은 목소리도 함께 묻어주었다.

앞집의 비밀

―

학원에 가는 아이를 배웅하려고 현관을 나서는데, 삑 하고 이상한 소리가 들렸다. 마침 승강기가 와서 아이를 태워 보내고 둘러보니, 다름 아닌 앞집 현관문 자동 잠금 장치에서 나는 소리였다. 문이 제대로 닫히지 않았다는 경보음이었다.

조금 열린 현관문을 닫아 주려다, 쾅 닫히는 소리에 놀랄까 봐 초인종을 눌렀다. 인기척이 없었다. 못 들었나 싶어 "아무도 안 계세요?" 외치며 다시 초인종을 눌렀다. 그렇게 몇 번을 눌렀을까? 여전히 인기척이 없어 조용히 문을 닫으려는 찰나, 안에서 가녀린 여자 목소리가 들려오는 게 아닌가. 순간 숨이 멎는 것 같았다.

이 집에는 중, 고등학교에 다니는 여학생이 둘이나 있

다. 부모님은 맞벌이하는 걸로 아는데, 혹시 강도가 들어 아이들을 위협하는 건 아닐까? 아이들이 안간힘을 써서 내게 보내는 신호일 수도 있다는 데 생각이 미치자 머리 털이 쭈뼛 서고, 가슴이 마구 두방망이질 쳤다. 내가 이대로 문을 닫아 버리면, 아이들은 꼼짝없이 큰일을 당할 수도 있다. 더 망설일 수 없었다. 신발도 벗지 못한 채 우리 집으로 뛰어들어 경비실로 인터폰을 했다.

"아저씨, 지금 1603호로 와 주세요. 문이 열렸는데 아무래도 수상해요."

그러고는 다시 후다닥 뛰어나와 앞집 초인종을 누르며 "아무도 안 계세요?" 쩌렁쩌렁 있는 힘껏 외쳤다. 몸이 덜덜 떨리는데, 마침 승강기 문이 열리면서 경비원이 도착했다. 그런데 경비원 뒤에 평소 어색한 눈인사만 나누던 앞집 남자와 딸이 황소눈을 하고 서 있는 것이 아닌가. 앞집 남자가 다가와 왜 그러냐고 물었다. 그래서 조금 전 일을 다급하게 전하니 지금 집에 아무도 없다는 것이다. 큰 딸은 제 엄마와 외가에 갔고, 자신은 작은딸과 슈퍼에 다녀오는 길이라고 했다. 아마 나갈 때 문이 닫히지 않은 모양이라고 했다.

그래도 혹시 그사이 강도가 들었을 수도 있으니 확인해

보자는 경비원을 따라 집 안으로 들어섰다. 여기저기 살피는데 틀어놓은 라디오에서 여자 진행자 목소리가 흘러나왔다. 밖에서 들은 그 목소리였다. 휴! 다행히 집 안에는 아무도 없었다. 무뚝뚝하던 앞집 남자가 고맙다며 웃었다. 서먹했던 마음이 사라지고 자꾸 웃음이 나왔다. 그것으로 충분했다.

엄마를 찾아 주세요!

시장에서 장을 본 뒤 집으로 향하던 중이었다. 열댓 살 정도 되어 보이는 여자아이가 아파트 근처 길 한가운데 서서 불안한 눈빛으로 두리번거리는 모습이 보였다. 가슴 께에 두 손을 올린 채 "엄마, 엄마!" 하며 불렀다. 지적장애인으로 보였다. 가까이 다가가 이름표가 있나 살폈지만 보이지 않았다.

"아가, 엄마 잃어버렸니? 엄마 전화번호 알아?"

장바구니를 내려놓으며 물었다. 그랬더니 아이가 또박 또박 번호와 이름을 대기 시작했다.

"010-3918-xxxx. 내 이름 윤민지."

나는 얼른 전화를 꺼내 들고 번호를 눌렀다. 그런데 아 이가 바짝 다가오더니 취소버튼을 꾹꾹 눌러 지우는 게 아닌가. 그러더니 급기야 내 손에서 휴대전화를 뺏어 들고 번호를 누르는 것이다. 이 번호구나 싶어 얼른 통화 버튼을 눌렀다. 그런데 아니었다. 하지만 다그쳐선 안 되었다. 낯선 곳에서 길 잃은 아이들은 재촉하면 두려워서 입을 다물어 버리기 때문이다.

"민지야, 이게 아닌가 봐. 다시 한번 해 보자. 엄마 전화번호 몇 번일까?"

아이가 숫자를 눌렀다 그러더니 또 취소 버튼을 눌러 모두 지웠다. 그렇게 지우고 누르기를 반복하더니 번호를 완성시켰다. 얼른 통화 버튼을 눌렀지만 이번엔 없는 번호였다.

주위는 어느새 어둑어둑 땅거미가 내리기 시작했다. '어째야 하나, 일단 파출소에 데려다 주어야 하나.' 걱정하는데 민지가 반복적으로 누르는 숫자들이 눈에 들어왔다. 그 숫자를 기준으로 퍼즐 맞추듯 전화를 걸었다. 그러다 드디어 "여보세요! 민지니?" 하고 소리쳐 부르는 엄마 목소리가 들려왔다.

나는 아이 엄마를 찾았다는 기쁨에 환호성을 질렀다. 알고 보니 민지 엄마는 잠깐 가게에서 물건을 사는 동안 민지를 잃어버렸다고 했다. 파출소에 신고하고 혹시 집에 왔나 싶어 허겁지겁 현관을 들어서던 순간이라고 했다.

"고맙습니다. 정말 고맙습니다."

비로소 마음 놓인 민지 엄마의 인사에 내 마음도 포근해졌다. 전화를 귀에 대 주니 민지도 "엄마, 엄마!" 부르며 환하게 꽃이 되었다. 민지만이 피울 수 있는 꽃이 되었다.

그 길에 서면

　운동 삼아 걷는 길에서 중풍에 걸린 할아버지를 처음
뵌 때는 2년 전이다.

　마비된 왼팔을 가슴께 올린 채 왼쪽 다리를 심하게 절
었다. 태산을 옮기듯 한 걸음 떼기가 무척 힘겨워 보였다.
게다가 언어장애까지 있었다. 그런 할아버지를 단아한 할
머니가 늘 조용히 뒤따랐다.

　"어르신! 열심히 운동하시더니, 와! 오늘은 허리가 많이
펴졌어요."

　내가 밝게 인사하면 할아버지도 수줍은 미소를 건넸다.

　"아, 애기 엄마가 칭찬해 주기 시작하면서 운동을 더 열
심히 하고, 밥도 잘 자시고, 이렇게 좋을 수가 없어요."

　할머니가 내 손을 덥석 잡으며 박꽃처럼 웃으시기에 얼

른 손사래 쳤다. 할아버지의 의지와 또바기 곁을 지키는 할머니 덕분이라고 말했다. 그러면서도 다음에 할아버지를 만나면 어떤 칭찬으로 기운 나게 해 드릴까 궁리하며 설레었다.

그런 할아버지가 며칠째 보이지 않았다. 궁금하던 차에 상가 앞에서 할머니를 만났다. 그런데 그새 할아버지가 아팠다는 것이다. 막내딸 결혼식이 한 달 앞으로 다가왔는데 반드시 손잡고 식장에 들어가겠다며 무리해서 운동한 것이 화근이 된듯하다고 했다. '막내딸 결혼식이라니……. 그래서 그렇게 열심히 하셨구나.' 할아버지 마음이 느껴져 순간 눈물이 핑 돌았다.

열 살 때 아버지를 잃은 난 결혼식 때 남편 손을 잡고 나란히 입장했다. 그래서인지 아버지 손을 잡고 입장하는 신부들을 보면 부러움에 눈을 떼지 못했다.

다행히 다음 날 벚나무 그늘 아래에서 잠시 숨을 고르는 할아버지를 만났다. 할아버지는 멀리서 나를 알아보고 "어버, 어버!" 소리 지르며 환하게 웃었다.

"아, 오늘은 동네를 세 바퀴나 돌았다고 자랑하는 거유."

할머니가 웃으며 통역해 주셨다.

한 달 뒤, 할아버지는 막내딸 손을 잡고 입장하는 시간만 40분이나 걸렸단다. 하지만 할머니는 할아버지가 그렇게 근사해 보인 적이 없었다며 웃다 울다 하셨다. 그리고 얼마 뒤 할아버지는 하루도 거르지 않고 걷던 길을 태어나 아장아장 걷는 손녀딸에게 내어 주고 하늘나라로 가셨다.

요즘도 그 길에 서면 할아버지 생각이 난다. 잠시 숨을 고르던 할아버지가 나를 발견하곤 "어버, 어버!" 손을 내저으며 환하게 반기던 모습이 꿈결인 듯 어른거린다.

뭉치 이야기

　다리 위쪽 강에선 물놀이를 할 수가 없었다. 물살이 세지 않아 물장구치기도 좋고, 몽글한 돌멩이 위에 씨알 굵은 고동이 새카맣게 붙어 소쿠리에 한가득 잡을 수 있는데도 말이다. 강 건너 산 중턱에 뭉치라는 남자가 살면서부터였다.

　확인된 건 없지만 뭉치가 아이들을 잡아간다고 했다. 아이들만 보면 알 수 없는 말을 외치며 막 달려온다는 것이다. 그래서 아이들은 정자나무 아래서 놀다가도 뭉치가 보이면 부리나케 숨었다. 대문이나 맹자나무 뒤에 숨었다가 뭉치가 사라지면 슬금슬금 나왔다.

　동네 사람들은 뭉치가 외지에서 나쁜 짓을 하고 숨어들었을 것이라고 했다. 그렇지 않고서야 남자 혼자 그 산속에 살 리가 없다는 것이다. 아무튼 울던 아이도 뭉치 온다고 하면 울음을 뚝 그칠 정도였다.

그러던 어느 날, 우리 동네 개 한 마리가 없어졌다. 덩치가 송아지만 한 황구, 이장 집 개였다. 동네가 발칵 뒤집혔다.

"아, 그럴 사람이 누가 있어, 딱 봐도 사고뭉치 뭉치지."

"그럼 기다릴 게 뭐 있어. 이참에 아예 쫓아내자고!"

사람들은 모였다 하면 뭉치를 쫓아내자고 했다. 경찰 조사가 끝나지도 않았는데 '개 사건'은 뭉치 짓이라고 굳게 믿었다. 그런데 은지 엄마만 도리질을 쳤다.

어느 날, 은지가 흙바닥에 그린 그림을 뭉치가 보더니 정말 잘 그렸다며 크레파스를 사 주었다는 것이다. 벌벌 떠는 은지에게 앞으론 이쪽으로 안 다닐 테니 맘 놓고 그리라고 했다고 한다. 은지 엄마가 알고 보면 좋은 사람인 것 같다고 말했지만 소용없었다. 결국 뭉치는 마을에서 쫓겨났다.

그런데 얼마 안 가 진짜 범인이 잡혔다. 이장 집 아주머니가 남편 몰래 개를 팔아 그 돈을 썼다는 것이다. 뭉치의 누명은 벗겨졌지만 그는 이미 어디론가 떠나 버린 뒤였다.

그 후 우연히 안 것은 도시에서 미술 선생을 하던 뭉치가 사고로 아내와 딸을 잃고 떠돌이 생활을 했다는 것이다. 아이들만 보면 딸 생각이 나서 그랬던 것 같다고 했다. 동네 사람들은 모였다 하면 뭉치가 안됐다며 탄식했다. 이제 다리 위쪽 강으로 몰려가 물놀이하게 되었지만 미안함 때문인지 아무도 뭉치 이야기를 꺼내지 않았다.

뭉치는 지금쯤 어디를 떠돌고 있을까? 크레파스를 보면 그 옛날 은지에게 희망을 줬던 일이 떠오른다. 뭉치가 크레파스를 선물했던 은지는 지금 화가가 되어 독일에서 살고 있다.

쩔룩발이 할매

동네에서 좀 떨어진 돌다리 목에는 쩔룩발이 할매가 살았다. 왼쪽 다리를 절어서 다들 쩔룩발이 할매라고 불렀는데, 동네 아이들만 보면 "야아! 야아!" 소리를 내지르며 달려왔다. 그 모습에 놀라 우르르 달아나다 손목이라도 잡히면 할매 입에서 나는 막걸리 냄새에 코를 틀어쥐어야 했다.

할매는 비만 오면 "찬아, 찬아!" 목이 터져라 부르며 축축한 거리를 헤맸다. 고주망태가 되어 쩔뚝쩔뚝 동네를 헤매다 강가 너럭바위에 누워 있는 걸 지나던 아재들이 업어 오곤 했다.

찬이는 일 년 전쯤 비 오는 날, 강에 물고기 잡으러 갔다가 빠져 죽은 중학생 손자 이름이다. 아들 내외가 교통사고로 죽자 손자 찬이를 데려다 갓난아이 때부터 길렀다고 했다. 그런 손자를 잃었으니 오죽하겠느냐고 어른들은 혀를 끌끌 찼다. 아이들만 보면 환장하는 건 손자가 생각나기 때문일 거라고 했다.

그러던 어느 날, 할매 육촌 조카라는 남자가 찾아왔다. 큰 트럭에 공사 인부들까지 잔뜩 싣고 말이다. 낯선 풍경에 동네 사람들이 몰려들자 육촌 조카는 할매를 모시고 도시로 갈 거라고 했다. 할매가 살던 집도 헐어 버리고, 펜션을 짓겠다며 큰소리쳤다. 그 소리를 듣던 할매가 안 간다 소리 지르고 울며, 땅바닥에 데굴데굴 굴렀다. 동네 사람들도 손을 홰홰 내저었다.

"여가 고향인 할매를 오데 데꼬 간다 캅니꺼. 그라고 우리가 다 할매 식구라예. 묵을 거 갈라 묵고, 들따보고 삽니더. 그라이께네 냐뚜이소!"

그때였다. 1학년 은숙이가 두 팔을 쫙 벌리며 할매 앞을 막아섰다.

"할매가 내한테 나팔꽃도 따 줬어예."

그러자 빡빡머리 영배도 앞을 막아섰다.

"손에 까시도 빼 줬어예!"

그 소리를 듣자 할매가 은숙이와 영배를 끌어안고 서럽

게 울었다. 옆에 섰던 아이들도 하나둘 할매한테 다가가
더니 조그만 손으로 눈물을 닦아 주고, 산발이 된 할매 흰
머리카락을 쓸어 주었다. 이장과 동네 사람들도 할매 집
을 부수려는 인부들을 막아섰다.

결국 조카라는 사람이 얼굴을 잔뜩 구긴 채 트럭을 타
고 사라지던 날, 우리는 기꺼이 할매 옆으로 다가가 따뜻
하게 매달렸다. 열린 마음들이 꽃숭어리처럼 매달렸다.

경비원, 황 씨 아저씨

210동 경비원 황 씨 아저씨는 늘 온화한 미소로 주민들에게 정중히 인사했다. 무거운 장바구니를 보면 얼른 달려와 들어주고, 승강기 문을 열어 주었다. 항상 부지런히 주위를 비질하며, 주민들이 버린 화초도 화단에 예쁘게 심어 문실문실 자라게 했다. 저녁이면 택배 가져가라고 인터폰을 하는 대신 직접 가져다주었다. 저녁밥 지을 시간에 내려오려면 번거로울 거라면서 말이다.

그러던 어느 날, 아저씨가 재활용수거함 속에서 장난감을 찾아 모으기에 궁금해서 물었더니 손녀딸을 주기 위해서라고 했다. 아내 잃고 아장아장 걷던 딸아이를 홀로 키워 시집보냈는데 이제 8개월 된 손녀딸이 소아암에 걸렸다는 것이다. 처음엔 손녀딸 주려고 했는데 이젠 같은 병실 아이들에게도 골고루 나눠준다며 순하게 웃었다.

그날부터 나도 장난감을 모았다. 아저씨가 쉬는 날, 누가 내놓은 장난감이 있으면 닦아뒀다가 다음 날 전했다. 전이라도 부치거나 찌개를 끓이면 내 아버지 드리듯 예쁘게 담아 내려갔다.

"아. 힘내시유. 살다 보면 좋은 날도, 힘든 날도 있는 거라우."

내 얼굴이 어두워 보이는 날엔 마음을 도닥여 주었다. 그런 아저씨가 덜컥 경비원을 그만두었다. 술 취한 201호 남자가 입구 자동문이 열리지 않자 발로 찼단다. 순찰 돌던 아저씨가 열어 주었는데도 늦게 나타났다며 멱살을 잡았단다. 분을 삭이지 못한 남자는 그 이후에도 계속 아저씨를 못살게 굴었단다. 시달리다 못한 아저씨는 결국 일을 관두었고 청소 아주머니가 혀를 끌끌 찼다.

"아, 글쎄 저번엔 비질하다가 1101호 강아지한테 발목을 물렸는데 치료비는커녕 강아지 놀라게 했다고 오히려 황 씨한테 위자료를 청구했지 뭐예요. 어디 그뿐입니까? 701호 부부 싸움 나서 베란다 밖으로 물건 마구 던진 날도 주민들이 그 아래로 지나갈까 봐 황 씨가 지키고 섰다가, 떨어진 프라이팬에 머리를 맞아서 죽을 뻔했다고요.

그래도 불평 한마디 안 하던 사람을 그만두게 하다니…… 어휴.”

청소 아주머니가 안타까운 한숨을 내쉬는데 '어쩌면 좋아요, 아저씨.' 내 안에서는 울음이 터졌다. 아저씨는 지금 어디 계실까? 관리 사무소에 물어본 아저씨 전화번호는 정지되어 있었다. 손녀가 어느 병원에 있는지 물어나 둘걸, 혹시나 돌아오진 않을까 자꾸 경비실을 힐긋거렸다. 경비실을 덮었던 등꽃이 툭툭 무심히 졌다.

내 친구, 민자

'민자'는 내 친구다. 친구는 친군데 어떤 친구냐고 물으면 얼른 대답하지 못하고 잠시 머뭇거리게 된다. 함께 자란 유년의 친구도, 동문수학同門受學한 친구도, 옛 직장 친구도, 문학친구도 아니기 때문이다. 그래도 굳이 대답하자면 '동네' 친구다.

민자는 내가 사는 아파트 길 건너 산 아래 작은 농가農家에 산다. 직업은 농부이면서 또한 장사꾼이기도 하다. 농가 앞에 있는 장찬밭을 남편과 함께 일구며, 제철에 나는 푸성귀를 길러 동네사람들에게 팔기 때문이다. 그렇다고 이재에 밝은 장사꾼은 아니지 싶다. 감자를 캘 땐 감자 한 주먹, 푸성귀 솎을 땐 푸성귀 한 줌씩 맛이나 보라며 선뜻 내어주는 게 파는 것보다 더 많으니 말이다. 그래서 이 동

네 살다 보면

"뭐 남는 게 있다고!"

사람들이 부득불 값을 치르고 가는 걸 심심찮게 볼 수 있다. 봄이고, 여름이고, 심심한 동네 어르신들 와서 원두막 끝에 조르르 앉으면 꼬신내 솔솔 나게 부침개 부쳐 대접하고, 걸음 멈추고 입맛 다시는 낯선 이에게도 먹고 가라며 손 잡아끄는 친구다. 그런 민자가 동동거리는 가을 추수 때가 되면 누가 먼저랄 것도 없이 두 팔을 걷어 붙이고 민자 농사일을 돕는다. 하다못해 밭에 널려 있는 시래기라도 엮어주고 간다.

민자는 겨울에도 바쁘다. 장찬밭 건너편 무논이 얼면 썰매장으로 운영하기 때문이다. 썰매장 맞은편 비닐하우스 안에서 구수한 어묵국물을 우려내고, 장작을 쪼개 넣은 뜨끈한 난로 위에 감자와 가래떡도 굽는다. 썰매 타던 아이들 젖은 장갑도 말리고, 컵라면, 핫초코도 먹이고, 함께 일하는 남편 밥도 입맛 돌게 뚝딱 차려낸다.

우리가 친구가 된 것은 바로 그 비닐하우스 안에서다. 썰매 타는 아이들을 지켜보며 이런저런 이야기를 나누다 동갑임을 알고 불쑥 친구하자고 했다. 아니 나이도 나이지만 뜨끈하게 지은 밥, 함께 먹자며 숟가락 내미는 살가운 마음에 반했다고 하는 게 더 옳을지 모르겠다.

그렇다고 민자가 매사 서분서분한 것만은 아니다. 옳고 그름이 분명하다. 애 어른 할 것 없이 입바른 소리도 잘한다. 그런데 그 입바름 속엔 진정성이 가득하다. 그래서인지 마음 상해하는 사람이 없다.

어제도 썰매장 앞을 지나는데 기다렸다는 듯 밥 먹고 가라고 불렀다. 트럭에 과일을 떼다 학교 앞에서 파는 과일장수 아저씨도 부르고, 산책 마친 할아버지도 불러 머리 맞대고 앉아 김이 모락모락 나는 밥을 먹는데 눈물이 핑 돌았다. 그래서 난 이 동네가 좋다. 조금은 거칠고 투박하지만 정 많은 사람들이 마음 나누며 사는 이 동네에서 민자와 오래오래 함께 살고 싶다. 내 친구 민자가 있어서 난 참 좋다.

측은지심

상가 주차장을 걷는데 어디서 강아지 낑낑대는 소리가 들렸다. 살펴보니 경비실 앞 기둥에 강아지가 묶여 있었다. 그런데 줄이 짧아서 몹시 불편해 보였다. 목줄도 노끈이었다. 길 가던 사람들이 하나, 둘 다가왔다.

"아줌마네 강아지유?"

자전거를 끌고 지나던 늙수그레한 아저씨가 물었다.

"아니요. 저도 지금 소리가 나서 와 본 거예요."

쪼그리고 앉으며 강아지 머리를 쓰다듬었다. 강아지가 내 손을 핥았다.

"누가 버렸구먼. 주인이 있으면 이 땡볕에 둘 리가 없잖아. 끈도 없고……. 누가 버리고 간 게 분명해."

부채로 볕을 가리고 섰던 아주머니가 혀를 끌끌 찼다.

경비실에 물어보려니 '순찰 중'이라는 안내문만 걸렸을 뿐 경비원은 보이지 않았다.

"끼잉, 끼잉, 낑."

강아지가 애처롭게 낑낑댔다. 더위에 지쳤는지 마른 혀를 자꾸 길게 내밀었다. 이대로 둘 순 없었다.

나는 벌떡 일어났다. 땡볕이 이글거리는 오후였다. 잠 깐이었는데도 내 정수리가 뜨끈뜨끈했다. 자전거 탄 아저 씨와 부채로 얼굴을 가린 아주머니는 가던 길을 재촉해 떠나고 나는 상가 안으로 들어갔다. 주인을 찾아보기로 한 것이다.

제일 먼저 들른 미장원은 강아지 이야기를 하니 아니라 고 했다. 제과점, 문방구, 모두 손을 내저었다. 부동산, 학 원, 은행, 지물포, 분식집에도 개 주인은 없었다.

정말 버린 걸까? 반려동물들이 버려져 어쩔 수 없이 안 락사를 당하는 뉴스를 심심찮게 보았다. 안락사를 당하는 반려동물들의 마지막 애처로운 눈빛에 독극물을 주사하 던 수의사도 눈물을 삼키던 장면을 잊을 수가 없다.

나는 불안한 한숨을 내쉬며 내과의원에 들어섰다. 대기 실이 북적거렸다. 아이들 우는 소리, 간호사가 목청 높여 호명하는 소리가 뒤섞여 후끈 열기가 전해져 왔다. 나는 손나발을 만들어 외쳤다.

"혹시 경비실 앞에 둔 강아지 주인 계세요?"

그때 정말 기적처럼 한 아주머니가 나를 보며 그렇다고 했다. 그래서 지금 당장 나와 보시라고 했다. 땡볕에 강아지가 묶여 있어 힘들다고 했다. 아주머니는 놀라 뛰어나와 보더니 서둘러 강아지 목에 노끈을 풀었다.

잠깐이면 될 것 같아 경비원에게 부탁하고 들어갔다고 했다. 그런데 강아지 주인이 좀처럼 나오지 않자 순찰시간은 다가오고 어쩔 수 없이 노끈을 찾아 묶어 뒀으리라, 이렇게 땡볕이 들 줄은 몰랐으리라. 병원 대기시간이 길어졌다는 아주머니는 강아지를 안고 얼른 그늘 안으로 들어섰다.

강아지가 안심이 되는지 제 주인 얼굴을 연신 핥아댔다. 나 역시 안심이 되어 걸음을 옮기며 '아, 다행이다, 정말 다행이야.' 중얼거리는데 바로 옆 성당에서 뎅뎅 인자한 종소리가 들려왔다. 설명설명 서성이던 분꽃나무 향기도 제 집으로 돌아갔다.

탈고되지 않은 동화

　콩장. 매주콩을 아궁이 불 피워 무쇠 뚜껑에 볶은 뒤 고 춧가루와 간장, 물엿으로 양념한 경상도식 콩장을 은화가 불쑥 내밀었다. 날 보겠다고 36년 만에 경상도에서 올라 온 초등학교 동창 은화가 말이다.

　"니 생각 나서 가지고 왔다. 니 어릴 때 이 콩장 좋아했 다 아이가!"

　'어떻게 살았니?'도 아니고 '이게 대체 얼마만이니?' 도 아니고 어제 만나고 오늘 또 본 듯 투박하게 내민 첫 마디. 그랬나? 내가 이런 콩장을 좋아했나? 둥글고 투명한 플라스틱 통에 꾹꾹 눌러 담은 콩장을 받아들고 낯선 기 억 앞에서 쭈뼛거렸다.

　"은화야, 네가 부산으로 전학간 뒤 늘 네 생각뿐이었어.

우린 단짝이었잖아."

그런데 내 말이 끝나기 무섭게 함께 만난 미옥이가 외쳤다.

"오데! 5학년 여름방학 때 느거 한판 붙은 거 기억 안 나나! 수갱이 친한 애 열 명! 은화 친한 애, 열 명씩 데불고 노을을 등지며 줄배 나루터까지 걸어간 거 기억 안 나나!"

말도 안 돼. 36년 동안 제일 친한 친구를 꼽으라면 주저 않고 꼽았던 은화였다. 그런 은화가 드잡이판 벌이고 절교한 채 전학을 간 친구라니…. 계면쩍어진 난 "그랬나?" 두 눈만 끔뻑였다. 황야의 무법자처럼 노을을 등지고 열 명씩 이끌고 한판 붙자며 땡볕에 달궈진 신작로를 걸었다니. 무엇이 나를 그렇게 분노케 했을까? 유년의 나와 짠하게 조우하면서도 한편으론 멋쩍고 낯설었다.

그날 친구들을 통해 알았지만 소아마비로 왼쪽 다리를 절었던 아인 벽돌집 아들 경석이가 아니라 약국집 아들 준원이었고, 눈에 늘 벌겋게 핏발이 서 있던 아인 철물점 집 아들 대웅이가 아니고, 방앗간 집 민국이었다. 기억은 늘 그럴싸하게 철석같이 믿게 만들지만 알고 보면 이렇게 제멋대로였구나.

"수갱이 니, 별명이 울보였잖아. 툭하면 울었잖아. 너거

아부지 돌아가시고 나서부턴 건들기만 하믄 울었다."

그랬나? 황밤주먹 불끈 쥐고 늘 볼이 발그레 상기된 채 누가 덤비면 한 대 칠 기세로 쌍심지를 켠 건 아니고? 그러면서도 한편으론 다행이다 싶었다. 친구들 기억 속에 난 조용히 책만 읽던 아이였다니, 늘 외롭고 고독한 아이로 기억되지 않았다는 것에 안도했다.

그날 나는 내 유년의 이야기를 다시 제대로 고쳐 쓴 동화책 한 권 선물 받은 기분이었다. 바람이 있다면 간질을 앓았던 내 짝꿍 창재가, 새엄마 맞으면서 할머니네로 살러 갔던 창재가, 암자로 들어가 동자승이 되었다는 창재가, 행복하게 잘 살고 있다는 소식도 내 유년의 동화에 넣고 싶다. 그래서 내 유년의 동화는 아직도 탈고되지 않았다.

건강한 유산

요즘 우리 동네 아이들이 학교에서 줄넘기 시험을 본다며 여기저기서 줄넘기와 씨름을 했다. 학원 오가는 틈틈이 줄넘기 연습을 하는 모습들이 군데군데 눈에 띄었다. 처음엔 한두 개 뛰고 가쁜 숨을 몰아쉬더니 이젠 "난 열 개 했다!" "애걔, 난 서른 개!" 서로 자랑도 했다. 아무튼 요즘 아이들이 학원 다니랴 공부하랴 운동할 시간이 없으니 이렇게라도 기초체력을 길러주려는 학교 측의 의지가 감사하기까지 했다.

우리 어릴 적엔 운동장에서 뛰놀고 들로 산으로 뜀박질하는 것으로 충분히 운동이 되었다. 운동부족으로 인한 비만도 찾아보기 힘들었다. 물론 먹을거리도 군것질거리도 많지 않았으니 그럴 만도 했지만 말이다.

그런데 요즘 우리 아이들은 이렇게라도 시간을 내지 않으면 운동할 만한 상황이 되지 않아 보인다. 학원 마치고 집으로 돌아와서도 학원 숙제에 수행평가 하느라 꼼짝 않고 앉아 있기 일쑤니 그야말로 체력은 떨어지고 비만으로 인한 합병증도 무시할 수 없는 지경까지 이르렀다.

학원가방 바꿔가며 밤늦도록 학원순례를 마쳐야 안심이 되는 부모도 문제다. 힘들다고 하면 쉬거나 운동할 시간을 주는 것이 아니라 영양제에 보약이나 지어 먹이고 기름진 음식을 먹이니 비만이 되고 병이 생기는 것은 당연한 순서가 아니겠는가?

물론 모든 아이들이 이와 같진 않을 것이다. 그렇지만 대다수의 아이들이 초등학교 때부터 운동부족에 시달리고 있다. 이 아이들이 상급학교로 진학할수록 더욱더 운동할 시간적 여유가 없음을 감안해 볼 때 우리는 아이들의 운동시간만큼은 기꺼이 돌려줘야 한다. 건강한 체력은 건강한 가치관을 만들어간다. 건강한 가치관이 가득한 사회 또한 건강한 미래를 만든다는 것을 우리는 잊어선 안 되겠다.

저녁 거미 내린 어젯밤, 줄넘기 연습해도 잘 안 된다며 줄넘기를 던져 버리던 우리 곁집 재혁에게 꼭 말해주고 싶다. 줄넘기 한 번 하고 안 되면 또 하면 된다. 두 번, 세 번, 네 번, 자꾸 할수록 더 잘하게 되는 이치를 깨닫게 되는 것도 공부다. '줄넘기 한 번 연습한 사람이 잘하게 될까, 백 번 연습한 사람이 잘하게 될까?' 넌지시 웃음도 건네며 말이다. 자전거 배울 때 많이 넘어질수록 더 잘 타게 됐던 내 이야기도 해주며 말이다. 인생의 이치가 그렇다는 말은 아직 아껴둘까?

인터폰 단골

우리 아파트 출입구에 방범을 위한 유리문이 설치되었다. 출입은 전자 카드를 이용하거나, 밖에서 인터폰으로 호출하면 집 안에서 문을 열어주는 방식이다. 그런데 요즘 우리 라인에 마구 호출을 누르는 사건이 많이 일어난다며 문을 함부로 열어주지 말라는 당부의 글이 게시판에 붙었다.

물론 우리 집도 예외는 아니었다. 인터폰이 울려 수화기를 들면 화면은 비어 있고 누구냐고 물어도 대답이 없었다. 혹시 나쁜 사람 아닐까? 겁도 났다. 그날도 인터폰이 울리고 누구냐고 묻다가 그냥 끊으려는데 "아줌마, 아줌마는 회사 안 가세요?" 하는 남자아이 목소리가 불쑥 들려왔다. 순간 당황했지만 "응, 안 가. 근데 넌 누구니?"

하고 물었더니 "1학년 2반, 박은우예요."라고 대답했다. 그렇게 우리의 대화는 시작되었다.

얼마 후 인터폰 사건은 은우의 악의 없는 장난으로 밝혀졌다. 다른 애들은 인터폰을 누르면 엄마가 반기며 문을 열어주는데 은우 엄마는 직장을 다녀 맞아주지 못하니 그런 애들이 부러웠고 또 외로웠던 모양이다. 그래서 이집 저집 인터폰을 눌러 사람 목소리라도 들으려 했던 듯하다.

그러고 나서 은우 엄마의 방문을 받았다. 인터폰 사건을 이제야 알게 되었다며 은우의 인터폰을 받아줘서 감사하다는 인사를 했다. 그 후 은우는 우리 집 인터폰 단골이되었다. 아무 때나 인터폰을 눌러도 엄마처럼 반갑게 맞아주는 아줌마가 있어 좋다며 수줍게 웃던 은우. 수제비를 끓이면 이제 우리 집 아이와 마주 앉아 맛나게 먹는 은우가 나 역시 반갑고 참 좋다.

꽃을 사랑하면 꽃이 좋은 것이 아니라 내가 좋다. 사랑은 결국 나를 행복하게 하는 일임을 은우야, 너도 알고 있지?

묘지기 할아버지

묘지기 아저씨, 아니 할아버지가 돌아가셨다. 내가 사는 아파트 바로 뒷산에 어디 김씨, 종친회 묘들만 죄 모여 있는 동산을 늘 지켰는데 돌아가셨다. 아침 아홉 시부터 저녁 해 질 때까지 한 달 꼬박 지키고 앉아 묘 입구 막고, 주차하는 차들 주차 못 하게 하고 동네 꼬맹이들 묘 상석에 앉아 딱지치기 못 하게 쫓는 일 하면서 돈은 그냥저냥 쬐깨 받는다던 할아버지였다.

늘 단풍나무 아래 의자에 앉아 지나는 사람들 보이면

"안녕하쇼! 웃으며 사쇼!"

크게 인사를 건네던 할아버진데 돌아가셨다.

"죽어서 난 홀홀 바람 따라 댕길 거야. 저 봐. 박주가리 씨앗!"

"솜털 날개 달고 날아다니듯 그렇게 날아다닐 거야, 난."

"이게 뭐야. 무겁게 돌덩이 덮고 눠서 죽어서도 이게 뭐야."

묘를 가리키던 할아버지가 돌아가셨다.

그즈음 일찍 해가 져서 언덕길 내려올 때 캄캄하단 소리에 고장 난 전봇대 구청에 신고해서 전등도 다시 켜지게 해드린 뒤

"제가 할아버지, 길 밝혀 드렸어요!"

막 으쓱으쓱 자랑하니까

"얼굴도 예쁜데 맘까지 예뻐!"

엄지손가락을 치켜세워 주던 할아버진데 돌아가셨다.

"그 할아버지, 대단한 부자야. 저 아래 느티나무 근처 땅이 그 할아버지 땅인데 놀면 뭐 하냐고 나와서 일하셨던 거야."

속속 알게 된 할아버지 이야기에 고개를 끄덕이며 그리워했는데 얼마 전 한 중년 남자가 의자 근처를 서성였다. 할아버지 낡은 의자에도 앉아 보고, 할아버지가 바라보았을 아즐아즐 먼 산도 바라보았다.

알고 봤더니 할아버지에게 망막을 기증받은 분이라고

했다. 할아버지가 사후 시신 기증을 하셨고, 그중에 망막을 받았다고 했다. 어렵게, 어렵게, 할아버지가 일하던 곳을 알게 되어 찾아왔다고 했다.

묘지기 하면서 조금씩 번 돈도 무료급식소에 내놓고, 당신 몫으로 가지고 있던 재산도 병원에 기증했다고 했다. 안녕히 가시라는 마지막 인사도 못 했는데, 저 의자는 어떻게 할 건지 묻지도 못했는데, 늘 마음 한구석 저릿했는데 이젠 괜찮다.

할아버지는 훌훌 바람 따라 댕기고 계신 거다. 박주가리 씨앗처럼 솜털 날개 달고 날아다니듯 우리 가슴에 들락거리며 오늘도 안녕하쇼! 웃으며 사쇼! 인사를 건네니 말이다. 아팠던 그들을 일으켜 건강하게 함께 계시니 말이다.

욕심

이불이 필요해 가까운 마트로 갔다. 그런데 카트를 빼려니 동전이 없었다. 아! 맞다. 동전 넣어서 쓰는 카트지. 그래도 어떤 마트는 동전 안 가져 왔다고 하면 직원이 플라스틱 열쇠를 동전처럼 그 카트 안에 넣어 탁 소리 나게 끌러 주던데 여긴 없나? 두리번거리다가 계산부스로 갔다. 마침 아주머니 한 분이 환불을 하고 있어서 기다리고 있다가 잠깐 틈이 난 사이에 계산원에게 물었다.

"저, 카트 쓰려면 동전이 있어야 하나요?"

내 말인즉슨 '동전 없이 쓰는 방법 없겠습니까?' 뭐 이런 뜻을 담아 물은 것이다. 그런데 힐끔 나를 곁눈질로 한 번 쳐다보던 계산원은 "그렇겠지요?" 딱 요렇게 건조하게 대답했다.

뭐, 틀린 말은 아니지만 아무튼 계산이 마저 끝나길 기다리다가 다시 슬쩍 "동전 교환은 어디서 하나요?" 물었더니 "여기서요." 역시 내겐 눈길조차 주지 않으며 대답했다.

그러길 몇 분이 흘렀을까? 옆에 있던 아주머니 환불이 끝난 뒤 "저 근데 제가 카드밖에 없어서요." 난감해하며 말했더니 그 계산원이 뭐 이런 사람이 다 있어? 하는 표정으로 "카드요? 카드로 무슨 동전 교환을 해요?" 숫제 짜증스럽게 되묻는 것이다. 그래요, 뭐. 저도 제가 가끔 어이없긴 해요. 그런데 더 무안했던 건 그 계산원이 "동전 없으면 바구니 쓰세요." 딱 잘라 말하는 것이다. 그것도 손짓 한 번, 눈길 한 번 없이.

난감해서 마른침을 꿀꺽 삼켰다. '이불을 사려고요. 이불을 사려면 카트가 있어야 하는데 어쩌지요?' 이렇게 되물어야 하나, 말아야 하나. 주춤거리고 서있는데 방금 환불을 마친 아주머니가 "아! 백 원 동전 하나 드려요? 나도 그럴 때 있어요." 이러면서 작은 동전주머니에서 동전 백 원을 꺼내 주시는 게 아닌가?

얼마나 감사하던지 나는 나도 모르게 "감사합니다. 저도 이 돈을 다른 사람을 위해 쓰겠습니다." 큰 소리로 외치며 꾸벅 인사를 드렸다. 그런 내 인사에 아주머니는 "하하, 네! 백 원보다 더 큰 인사를 받네요! 제가 더 고맙습니다." 유쾌하게 웃으며 짐을 들고 총총히 승강기 쪽으로 걸어갔다.

그래, 나도 그래야지. 다음에 마트 갔을 때 동전이 없어 당황하는 사람이 있다면 꼭 드려야지. 마음이 밝아졌다.

어떤가. 이렇게 상반된 두 마음을 마주하니. 내게 친절하면 좋은 사람, 내게 불친절하면 나쁜 사람이 맞는 것인가? 그렇지 않다. 그 마트 계산원이 내게 한 말은 그의 입장에서 맞다. 그날 카트를 쓸 수 있는 다른 방법을 조금 더 친절하게 알려주길 바랐던 것은 내 입장인 것이다. 그러니 당연하다고 인정하면 서운할 것도 없다. 서운함은 곧 내 욕심인 것이다. 그날 나는 이불을 사오면서 내 안의 분별심과 이별하고 있었다.

그래도 이웃

날카로운 비명소리에 화들짝 놀라 침대에서 일어났다. 시계를 보니 아침 아홉 시. 남편을 배웅하고 잠시 누웠는데 잠이 살포시 들었던 게지. 다시 악을 쓰는 소리, 그러고 보니 위층에서 싸우는 소리다.

여자아이 비명소리를 뒤따르는 남자아이 목소리가 들렸다. 초등학교 4학년인 은지와 초등학교 6학년인 제 오빠 주호가 분명했다. 아침부터 무슨 일일까?

층간소음이 심하기로 유명한 집인 걸 이사 와서 알았다. 매일 부부가 싸우는 소리가 들렸다. 내가 사준 목걸이 어디 갔느냐, 찾아와라부터 여자가 악을 쓰고, 아이들을 쥐 잡듯 하는 소리까지 숨죽여 들어야 했다. 그런데 요 며칠 부부싸움 소리는 들리지 않았다. 안 들리는 이유가 뭘

까 했는데 남자 목소리가 안 들렸다. 어디 장기 출장이라
도 간 걸까? 아무튼 부모 싸우는 소리가 잠잠해지자 이번
에는 아이들이 악을 쓰며 싸웠다. 잠이 들었던 우리 집 아
이가 놀라 달려왔다.

"엄마, 위층 또 싸우나 봐."

싸우는 소리까진 그렇다 처도 문을 쾅쾅 닫고, 쿵쿵 달
리면서 서로 쫓고 쫓기는 상황인 게 분명했다. 순간 머리
끝이 쭈뼛 섰다. 어른들은 안 계실까? 아이 엄마는 직장에
다닌다고 했다. 그러면 출근했을 시간이다.

아이들만 있다면 혹시 무슨 사고라도 난 걸까? 위급한
상황일까? 온갖 걱정들이 일었다. 그렇다고 직접 올라가
는 것도 섣부른 일 같아서 얼른 관리실에 전화를 했다. 우
리 윗집에 인터폰을 해보라고 말이다.

그렇게 십여 분이 지났을까? 여전히 상황은 달라지지
않아 관리실로 다시 전화했더니 위층에서 인터폰을 안 받
는단다. 그러면서 직접 위층을 방문해 보겠단다. 그러는
동안에도 무언가 물건이 쾅쾅 부딪히는 소리, 쿵쿵쿵쿵
다급한 발소리가 간헐적으로 들려왔다. 우리 집 아이도
잔뜩 긴장한 눈빛으로 나를 쳐다봤다.

관리실 직원들이 우리 집으로 먼저 왔다. 함께 올라가

보겠냐고 해서 신발을 서둘러 신고 위층으로 올라갔다. 그런데 아무리 초인종을 눌러도 인기척이 없었다. 오히려 적막하기까지 했다. 나는 아이들만 있는 것 같은데 혹시 나쁜 일이 일어난 건 아닌지 확인이 필요하다고 했고 직원은 서둘러 관리실로 전화를 걸었다. 부모 전화번호를 찾아 달라며 말이다.

다행히 아이들이 엄마 전화를 받았다고 했다. 오빠가 놀려서 여동생이 약 올라 일어난 소음이었다. 누가 초인종 눌러도 열어주지 말라는 엄마 당부에 문을 열지 않았다는 것이다. 나는 비로소 안도의 한숨을 내쉬었다. 별일 아니어서 얼마나 다행이던지 소음으로 힘든 게 낫지 싶게 걱정으로 힘들었던 한 시간을 내려놓았다.

다음 날 아이들을 승강기에서 만났다. 아무 일 없다는 듯 "안녕하세요!" 밝게 인사를 건네기에 "은지 안녕? 주호 안녕?" 이름을 불러주며 나도 인사를 했다. 이 아이들도 나보다 남을 염려하는 마음이 커지면서 어른이 되어가겠지?

이해보다는 사랑으로 가슴 채우며 말이다.

함께 살아요

중국호떡장사 아저씨는 청각장애인이다. 쉰 살 정도 된 아저씨는 조그만 트럭을 초등학교와 중학교 정문이 마주한 골목 구석에 세워 놓고 호떡을 팔았다. 한 개 천 원이라는 가격표를 크게 써 트럭에 붙여 놓고, 누가 가격을 물어보면 그 가격표를 손으로 가리켰다.

어느 날 새로 부임한 생활지도부 선생님이 학생들 하교 지도하러 나왔다가 트럭을 발견하고 다가가는 모습을 봤다. 여기서 물건을 팔면 안 된다는 말씀을 드리러 다가가는 것이었을 텐데 아저씨가 청각장애인인 걸 곧 눈치 채고는 오히려 호떡을 사는 모습이었다. 물론 그 호떡은 하교하는 개구쟁이 아이들에게 빼앗기듯 나눠주었다.

하교할 때면 아이들도 출출하던 차에 너도나도 달콤한 호떡 하나씩 손에 쥔 채 환해지고, 그런 아이들에게 아저씬 엄지손가락 척 들어주며 고마운 인사를 대신했다.

그 엄지손가락이 달고나 아저씨에겐 없었다. 중국호떡 트럭 저만치 아래에 자리 잡은 달고나 파는 아저씨는 고맙다고 척 들어 줄 엄지손가락뿐만 아니라 달고나 팔고 사며 돈 거슬러 줄 엄지손가락도 없었다.

목장갑을 끼고 있어도 금방 눈에 띄었을까. "아저씨, 엄지손가락이 왜 없어요?" 옆에 선 초등학교 친구가 나부대며 물었을 땐 내 가슴이 철렁했다. 눈치 없이 저런 질문을 하나 싶었는데 "아저씨! 엄지손가락 없죠? 진짜 없죠?" 아오! 다시 묻는 게 아닌가. 아저씨가 "응, 없어. 잘렸어." 고개도 들지 않은 채 무심이 대답하는데 또! 이 친구가 또! "그런데 왜 잘렸어요? 왜 이런 일을 해요? 재밌어요?"

하! 이 친구, 그만하면 좋겠는데 달고나 빵 하나 들고 묻고, 뽑기 하면서도 묻는데 아저씨가 결심한 듯

"응, 사고로 잘렸고, 손가락 잘린 사람을 누가 써주나. 그러니 이런 일을 하지. 먹고 살아야 하잖아."

차라리 묻기를 잘했을까. 아저씨가 숙였던 고개를 들어 체념하듯 말했다.

추웠다. 잎샘에 응달은 발이 시릴 정도여서 다가간 내

144

가 "안 추우세요?" 말을 거니 아저씨가 부탄가스가 얼어서 불이 제대로 안 나온다고 걱정하는 순간 중학생 아이들이 우르르 몰려왔다.

"아저씨! 얼마예요? 아이스크림은요? 달고나 빵으로 하나 주세요. 저도요! 저도요!"

엄지손가락이 없는 아저씨는 잔돈 거슬러 주기도 벅차고, 혼자서 어쩔 줄 몰라 하기에 옆에 섰던 내가 돈을 받고, 만들어 놓은 달고나를 아이들에게 건넸다.

잠깐이지만 아저씨 엄지손가락이 돼 드리던 날, 나도 엄지손가락 척 들며 "얘들아, 예쁜이들아, 고마워! 맛나게 먹어!" 외치던 날, 아저씨가 고개를 숙인 채 허붓하게 웃고, 달고나 먹는 남학생에게 내가 "나도 좀 줘!" 삥(?)도 뜯은 날.

"많이 파세요!" 인사를 하며 돌아서는데 아저씨가 내 옷자락을 잡아당겼다. 뒤돌아보니 달고나를 세 개나 봉지에 담아 주며 웃었다. 잘 먹겠다는 인사를 남기고 돌아서면서 돈통에 슬쩍 삼천 원을 넣었다. 못 봤겠지? 여 봐, 직박구리야, 너도 못 봤지?

알 수 없는 삶

서점으로 책을 사러 가던 참이었다. 집을 나오면 두 번째로 큰 삼거리인데 통행이 빈번한 곳은 아니었다. 그래도 그렇지 삼거리 한가운데 흰색 승용차 한 대가 비스듬히 서 있는 것이다.

다들 이리저리 피해 가는데 느낌이 이상해서 삼거리를 지나 비상등을 켜 놓은 채 차에서 내렸다. 차로 다가가 유리창으로 들여다보는데 검은색으로 짙게 필름지가 붙어 있어서 처음엔 사람이 없는 줄 알았다. 손갓을 쓰고 운전석 유리에 이마를 가져다 대고서야 사람이 고개를 숙이고 있는 게 보였다. 중년의 남성이었다.

그런데 잠이 든 건지 고갤 숙이고 무언가를 보고 있는 건지 알 수가 없어 창을 두드렸는데 미동도 않는 것이다.

그래서 앞 유리로 다시 보았다. 아무래도 불길했다. 의식이 없어 보였다. 놀라 앞 유리창을 주먹으로 텅텅 두드렸다. 오른손은 기어에 올린 채 있고 'R' 후진 기어 상태인 것도 확인했다. 다시 미간을 좁혀 들여다보니 50대 초반의 남성, 불룩 나온 배가 움직였다. 자가 호흡이 있는 것이다. 휴, 그래도 다행이었다.

그렇다면 숙취로 잠든 것일까? 한가위 연휴여서 충분히 그럴 수 있는 일이었다. 그래도 그렇지 이렇게 도로에서 잠들 정도라면 문제가 달랐다. 아니면 정신을 잃었을 수도 있다. 음주운전이든 지병이든 빨리 조치를 취해야 했다. 시간이 없었다. 모든 경우의 수가 떠오르면서 순간 아찔했다.

마침 왼팔에 깁스를 한 젊은 남성과 아주머니가 지나가기에 신고를 부탁했다.

"제 전화기는 제 차 안에 뒀거든요!"

내 목소리가 삼거리에 웅웅 울렸다. 그래놓고 다시 차 안을 들여다보니 아무래도 이상했다. 마알간 침을 줄줄 흘리고 있었다. 입에는 거품도 보글보글 가득했다. 엔진을 만져 보니 뜨겁지 않았다. 시동은 꺼져 있나 봐요. 지나던 사람들이 하나, 둘, 다가와 차를 흔들었다.

일어나세요, 깨어나세요, 모두 다 안타까워했다. 흔들고 두드리고, 흔들고 두드리고…… 그렇게 발을 동동 구르고 있는데 경찰관, 구급대원, 소방관까지 출동했다. 소방관이 차 문을 열고 드디어 운전자를 내렸다. 그러는 동안에도 운전자는 팔을 축 늘어뜨린 채 의식은 여전히 없었다. 그런데 구급차 안으로 옮겨 맥박을 재던 대원이 혈압은 이상 없다고 했다.

그렇더라도 빨리 병원으로 후송하는 게 낫지 않을까요?

경찰관이 어디론가 무전을 하는 사이에 아저씨는 구급차로 옮겨졌다. 그런 뒷모습을 사람들이 안타까워하며 배웅했다. 별일 없이 깨어나기를, 정말 아무 일 없길, 그 운전자가 홀로 고독하지 않았음을 꼭 기억할 수 있기를 바라며 말이다.

청둥호박 세 덩이

 산벚나무 옆에 호박씨를 묻을 때까지만 해도 몰랐다.
호박 넌출이 나무 옆 원두막 지붕을 덮고, 산벚나무 가지
를 칭칭 감고 올라가 마치 산벚나무 열매처럼 호박들이
당당하게 매달릴 줄은 몰랐다. 약수터 가는 길목이라 산
벚나무에 매달린 청둥호박들을 발견한 사람들은 오며 가
며 산벚나무 아래에 서서 목을 젖혀
 "호박나무네, 호박나무!"
 "와, 저 호박, 축구공만 하다."
 재미난 광경을 만난 듯 사진을 찍고, 오구작작 즐거워
했다. 마침 우리 밭 옆으로 유치원아이들 체험 밭이 있는
데 밭에 오면 그 아이들도 나무 아래에 서서 신기한 호박
구경을 하느라 재잘재잘 신이 났다.

그래서 따질 못했다. 이왕 이렇게 된 거 늦게 둬야지, 그래서 겨울에 호박죽 끓여 나눠 먹어야지, 그런 생각으로 흐뭇했다. 그러던 어느 날 지심 매러 갔다가 습관처럼 산벚나무 아래 서서 위를 올려다보는데 허전했다.

호박들이 안 보였다. 호박들만 안 보인 게 아니라 호박잎도 죄다 사라져 횅한 하늘이 어색하게 나를 내려다보는 게 아닌가. 가슴이 쿵 내려앉았다. 혹시 내가 잘못 본 게 아닐까? 이럴 리 없어. 몇 번이나 자리를 옮겨 이리저리 살폈지만 역시나 묵직하게 매달려 있던 청둥호박들은 보이지 않았다.

두 팔 벌리고 호박넝쿨에게 제 몸 내어준 산벚나무도 말이 없었다. 나는 허탈하고 기가 막혀 한참 우두커니 서 있는데 저만치 유치원 아이들이 알록달록 밭둑을 물들이며 다가왔다.

"안녕하세요, 어머님! 호박 구경하러 왔어요."

유치원 선생님의 인사와 함께 아이들이 너도나도 목을 젖혀 산벚나무를 올려다보는데

"어, 없다. 호박들이 없다!"

서로들 손가락으로 나무 위를 가리키며 외쳤다.

호박을 누가 따갔다는 내 얘기에 아이들 얼굴이 금세

시무룩해졌다. 그러더니 남의 호박을 따간 나쁜 사람을 혼내주자며 조그만 주먹들을 불끈 쥐었다. 선생님도 감시 카메라가 근처에 혹시 없냐며 서운한 마음을 드러냈다.

산벚나무 한 그루, 그 나무 친친 감고 올라 마치 산벚나무 열매처럼 넉살 좋게 여물어 가던 호박들이 하루아침에 사라져 버렸다. 어떤 아주머니가 지나다 내게 말해 준 것은 아침에 한 무리의 등산객들이 원두막에 앉아 술판을 벌이다 나무에 올라가 따는 것을 봤다는 것이다.

"너무나 당당해서 호박 주인인 줄 알았지."

입을 삐죽거리며 혀를 끌끌 찼다. 유치원 아이들은 오늘 호박들에게 일기를 쓸 거라고 했다. 지켜주지 못해 미안하다고 말이다. 호박들을 보러 밭에 오는 길이 신났던 아이들, 그리고 약수터를 오가며 호박들을 구경하던 사람들, 그 호박을 따지 않았던 내 마음, 그 마음들을 꼭 움켜쥔 청둥호박 세 덩이는 오늘도 우리들 마음을 들락거릴 것이다. 속상함과 서운함으로 한동안 넉걷이도 못 할 만큼.

그곳

　길모퉁이 '명성 세탁소'는 언제나 따뜻했다. 유리창 안으로 들여다보이는 세탁소엔 언제나 따끈한 김이 모락모락 나는 커다란 주전자가 끓고 있었고, 이글거리는 난로 주위엔 몰랑몰랑한 아지랑이가 피어올랐다.

　홀딱 비를 맞고, 오들오들 떨며 집으로 가는 나와는 달리 칙 칙 김을 뿜으며 다림질을 막 마친 아저씨 손에 들린 옷은 보송보송했고, 라디오에서 흘러나오는 음악소리는 따뜻했다. 그땐 마치 내가 성냥팔이 소녀처럼 느껴졌다. 난 몹시 추웠고, 배가 고팠다. 환하게 불이 켜진 집도 따끈하게 데워진 집도 없던 내게 그 세탁소는 내가 엿볼 수 있는 따뜻함이 모두 갖춰진 곳이기도 했다.

　성냥불이 꺼지면 사라지는 환상이 아니라 당장이라도

문을 열고 들어서면, 들어서기만 하면, 꽁꽁 언 내 몸을 녹일 수 있는 곳이기도 했다.

돋보기를 콧등에 걸치고 옷을 꿰매고 있던 아주머니가 가끔씩 고개를 들어 마시던 보리차도 한 잔 뜨끈하게 내어 줄 곳이기도 했다.

그러나 우리 집엔 세탁소에 맡길 양복도 와이셔츠도 없었다. 해진 것은 엄마가 꿰맸고, 난 그 동네를 떠나올 때까지 단 한 번도 그 세탁소 안에 들어가 볼 수가 없었다.

지금도 비를 맞거나 한기를 느끼면 그 세탁소를 생각한다. 드르륵 소리가 크게 들리던 유리문만 열고 들어서면 보글보글 주전자 물이 끓고, 치익 칙 손놀림 가볍게 다림질하는 아저씨가 나를 반긴다.

그 아저씨가 상이용사였고, 다리 하나가 의족이란 것도, 아주머니가 자식을 못 낳아 평생 울고 살았다는 것도 난 생각하고 싶지 않다. 내 평화로운 그림 속에 아저씨 아주머니는 행복했고, 지금도 그러하다.

지금 그 자리엔 20층짜리 빌딩이 들어섰다는 얘기도, 그런 세탁소가 있었는지조차 모른다는 얘기 따윈 듣고 싶지도 않다. 내게 사거리 모퉁이 그 따뜻한 세탁소는 언제나 영업 중이다.

인생

마지막 남은 귤 바구니 두 개를 팔기 위해
'귤 사세요!' 외쳤지만 팔리지 않았지.
맞은편 점방에서 귤을 사려던 노신사가 내게로 와
남은 귤 바구니 두 개를 선뜻 사주셨지.
그때 그 노신사가 내게 건넨 것은 희망이었다.
그 노신사는 내 마음의 키다리아저씨였다.

한올진 이웃

저뭇해지는 놀이터 옆을 지날 때였다. 열 살쯤 되어 보이는 남자아이가 왕모래 바닥에 무너져 앉아 흐느끼고 있었다. 옆에는 친구로 보이는 아이가 곱송그리며 서 있었다. 다가가 왜 그러냐고 물었더니 미끄럼틀 난간에 매달리다 떨어졌다는 것이다. 다친 아이에게 "일어날 수 있겠니?" 걱정스레 물었더니 "으으으으." 신음소리와 함께 힘겹게 도리질을 쳤다.

어디를 다쳤냐고 물으니 오른쪽 허리짬을 가리켰다.

"얼른 엄마한테 전화하자. 집이 어디니?"

주머니에 손을 넣어 휴대전화를 찾는데 멀지 않은 213동이라고 했다.

그런데 아뿔싸, 휴대전화가 보이지 않았다. 두고 나온

게 분명했다.

"안 되겠다. 업힐 수 있겠니?"

집에 데려다줄 생각으로 물으니 간신히 고개를 끄덕였다. 그러나 옆에 선 친구의 부축으로 업히던 아이가 "아아아악!" 비명을 지르며 채 업히지도 못하고 미끄러져 내렸다. "아이코. 많이 다쳤나 보다. 움직이지 마!" 사느래진 나는 길가로 뛰쳐나갔다.

'전화, 전화가 필요해.' 오고 가는 사람들을 살피는데 저만치 휴대전화를 든 직수굿한 아저씨가 보였다. 허벙저벙 달려가 "저, 아이가 다쳐서 그러는데 전화 한 통만 쓸 수 있을까요?" 허불며떠불며 말했더니 얼른 건네주었다. 그 전화기를 들고 다급하게 달려가 아이가 불러주는 번호로 전화를 걸었다. 신호음이 가는 동안 "네 이름이 뭐지?" 재빨리 물었더니 영채, 한영채라고 했다. '아, 영채 엄마. 빨리, 빨리, 제발 받으세요.' 마른침을 삼키며 조비비는데 "여보세요?" 앗! 전화를 받았다.

"영채 엄마죠? 여기 2단지 놀이터인데요. 영채가 놀다 좀 다쳤어요. 얼른 놀이터로 와주세요."

내 허겁떨이에 "네? 네!" 덴겁해진 대답이 들려왔다. 전화기를 아저씨에게 돌려준 뒤 윗옷을 벗어 아이를 감싸

안았다. 그런데 금세 올 것 같던 아이 엄마가 오질 않았다. 혹시 못 찾나 싶어 길가로 나가 보았다. 황새목이 되어 213동 쪽을 바라보았다. 그러는 동안 아이 얼굴빛이 점점 일그러졌다. 그 모습에 안타깝게 두리번거리는데 아, 사색이 되어 달려오는 사람이 보였다. "영채야, 영채야!" 왔네! 왔어!

아이 엄마는 "장 보는 중이었거든요. 걸어오느라 늦었어요." 어마지두에 아이 상처를 살폈다. 빨리 병원으로 가는 게 좋겠다고 재촉하니 엄마가 무끈한 아일 업었다. 나도 흘러내리는 아이 엉덩이를 팔로 받은 채 놀이터 밖으로 나갔다.

그때 옆을 지나던 나이 지긋한 아주머니가 왜 그러냐고 물었다. "아이가 다쳐서 병원 갈 택시를 잡으려고요." 걸음을 재촉하려는데 "아, 병원! 제 차로 가요. 이리 오세요." 아주머니가 차 열쇠를 꺼내며 바로 옆 주차장으로 향하며 외쳤다. "와서 타세요. 정형외과로 가면 되나요?" 차에 앉더니 시동을 걸었다. "아, 이렇게 감사할 데가요. 생각지도 못했는데 정말 감사합니다." 굽적거리며 아이와 엄마를 뒷자리에 태웠다. 나는 일이 있어 못 간다고 애 말라 하며 서둘러 떠나보냈다.

다음 날 아침, 딸아이에게 어제 일을 말하니 "엄마! 영채, 한영채, 저 알아요. 같은 학년이에요." 깜짝 놀라는 게 아닌가? 걱정으로 건밤을 보낸 일이 생각났다. 아이가 어떤지 궁금했지만 전화번호도, 몇 호에 사는지도 몰랐다. 213동 경비실에서도 모르겠다며 고개를 가로저었다. '별일 없겠지? 별일 없을 거야.' 자글거리며 건밤을 보냈다. 그런데 딸아이가 아는 아이였다니……. 됐다. 아이더러 오늘 영채가 학교에 왔는지 알아보라고 했다. 그렇게 아이 보내놓고 기다리는 한것이 너무나 길게 느껴졌다. '제발 괜찮아라.' 마음을 졸이는데 마침 딸아이가 현관을 들어서며 외쳤다.

"엄마, 영채 괜찮대요. 뼈도 안 다치고, 멍만 들었대요."

그 소리에 "어휴, 다행이다, 다행이야." 딸아이 손을 덥석 잡았다. 안심이 되어 양푼에 밥 비벼 볼 미어지게 먹었다. 된장찌개 넣고 싹싹 비벼 한 양푼을 비웠다.

나에게 웃어주기를

우리 동네에 새로 들어온 대형마트는 들어오면서 말도 많았다. 지역 상인들의 반발과 마찰로 어지간히 몸살을 앓았다. 그런데 막상 들어온 대형마트는 생각보다 영업실적이 좋아 보이지 않았다. 그도 그럴 것이 사람이 없었다. 텅 빈 대형마트를 오며 가며 보는데 걱정이 될 정도였다.

"저렇게 장사 안 되면 입점한 개인 상인들은 어쩌누."

혼잣말로 중얼거리기도 했다. 지나다니며 사람들이 매장 안에 있는 것이 통유리를 통해 보이면 차라리 안심되기도 했다. 그 안에서 일하는 사람들도 결국 우리네 이웃이니 말이다.

그러던 어제 우연히 들렀는데 대학생으로 보이는 젊은 아가씨가 반건조 오징어를 압착 기계에 넣고 꾹 눌러 파는 오징어구이를 팔고 있었다.

"맛있어요. 짜지 않아요. 술안주, 간식으로 좋은 오징어구이 사세요."

너르디너른 그러나 사람도 몇 없는 텅 빈 매장 안에 조그맣게 울리는 아가씨의 목소리는 점점 잦아들었다. 그도 그럴 것이 영업시간이 거의 다 끝나 갈 시간이었고 마트도 내일이면 쉬는 날이라 저 앞쪽에선 채소며 과일들 마감 세일이 한참이었다. 그런데 얼핏 보니 아가씨가 눈물을 훔치는 것이다. 다시 살펴봐도 분명했다. 그래도 혹시 몰라 지나는 척하며 곁눈질로 다시 봐도 옷소매로 연신 눈물을 닦아내고 있었다. 그러다 다시 잠긴 목을 음…… 흠…… 가다듬고 "오징어구이, 짜지 않고 맛있어요!" 외치고 또 외쳤다.

"어머, 안 짜요?"

얼른 다가가 말을 시키자 눈자위가 붉어진 아가씨가 화들짝 반겼다.

"네, 맛있어요. 하나 드셔보세요."

열두 살, 내 어릴 때가 생각났다. 점방을 할 때 마지막 남은 귤 바구니 두 개를 팔기 위해 소리소리 쳤었지. 그것만 다 팔면 담배 들여 놓느라 진 외상값도 갚고, 엄마, 동생들과 행복한 설날을 맞을 거라 두 주먹 불끈 쥐고 '귤 사세요!' 외쳤지만 팔리지 않았지. 그때 맞은편 점방에서 귤을 사려던 노신사가 몸을 돌려 내게로 와 말없이 남은 귤 바구니 두 개를 선뜻 사주셨지. 그때 일을 잊을 수가 없다. 그때 그 노신사가 값도 깎지 않고 내게 건넨 것은 희망이었다. 그 노신사는 내 마음의 키다리아저씨였다.

나는 아가씨가 건넨 맛보기를 입에 넣고 오물거리며

"어머, 맛나다! 어유, 맛나네! 얼마예요?"

물으니 두 개 만오천 원인데 세일해서 만 원에 준단다.

"와우, 요즘 오징어 비싼데 횡재네. 주세요. 두 개가 한 팩이죠? 그럼 두 팩 주세요."

목청을 돋우니 내 주위로 사람들이 하나둘씩 모여들었다. 맛보기로 먹어 보던 사람들이 여기저기서 나는 한 팩만, 나도 한 팩, 우리는 두 팩 줘요. 주문이 이어졌다. 그때 언제 그랬냐는 듯 활짝 펴진 낯빛으로 오징어를 건네고 계산을 하던 아가씨는 다시 힘을 냈을까? 앞으로도 부디 무슨 일이 일어나든 좋아지고 있는 거라고 활짝 웃기를. 그래, 아가씨야. 남이 아닌 스스로에게 활짝 웃어주며 살 기를.

날아라, 잠자리

글쓰기를 하는 초등학교 3학년인 은지가 사색이 되어 왔다. 승강기를 탔는데 승강기 벽에 잠자리가 붙어 있다는 것이다.

"아, 그래? 잠자리가 승강기에 잘못 탔구나? 내보내 줄까?"

방시레 웃는데 그게 아니란다. 누군가 투명테이프로 날개를 붙여 놨다는 것이다.

놀라 뛰쳐나가 승강기 버튼을 눌렀다. 옆에 선 은지는 무섭다며 내 등 뒤에 숨는데 마침 도착한 승강기 문이 열렸다. 그런데 아뿔싸! 승강기 벽에 잠자리가 붙어 있는 게 아닌가. 날개를 하나로 세워 모은 뒤 참말로 투명 테이프에 붙은 채 말이다.

"어떡해요!"

다시 그 모습을 확인한 은지가 울음을 터트렸다.

"죽었지요? 죽은 거 맞죠?"

나를 올려다보며 내 옷자락을 꽉 붙잡는데

"아냐, 은지야. 승강기 문 좀 열어 줄래?"

고갯짓으로 승강기 문을 가리켰다. 울음을 그친 아이가 승강기 문을 열 동안 나는 잠자리 날개를 다치지 않게 떼어 냈고, 함께 집으로 들어왔다.

지금부터가 문제였다. 잠자리는 살아있었다. 배마디를 잔뜩 구부린 채 눈이며 발, 입술, 더듬이를 연신 움직이며 살아있음을 알렸다. 수의사가 꿈이라는 은지 손이 긴장으로 바르르 떨렸다.

내 손도 떨렸다. 날개에 붙은 테이프를 떼다가 오히려 더 큰 상처를 입힐 수도 있었기 때문이다. 온 신경을 곤두세워서 천천히 아주 천천히 테이프를 떼어냈다. 은지도 용기를 냈는지 옆으로 와 잠자리를 못 움직이게 잡았다. 그러면서 혼잣말로

"미안해, 내가 대신 사과할게. 용서해 줘. 괜찮을 거야. 겁내지 마."

따뜻하게 속살거렸다.

그렇게 테이프를 떼 낸 잠자리를 책상 위에 놓자 잠자리가 꿈틀거리며 날개를 움직였다. 날지 못하면 어쩌나 은지와 같은 마음으로 바라보는데 가볍게 날아올랐다.

날개를 파르르, 파르르 가볍게 펼치며

"보세요, 저 괜찮아졌어요!"

안심시켜 주려는 듯 기운차게 날았다. 그 모습을 보던 우리는 얼른 베란다 방충망을 열었고, 마치 길을 알고 있다는 듯 잠자리는 더 넓은 세상으로 떠나갔다.

우리는 그날 하나의 생명 속에 우주를 보았다. 날개가 조금 상했는데도 거침없이 자유를 향해 날아가는 잠자리는 경이롭기까지 했다.

'은지야. 검사나 경찰관은 나쁜 사람, 범죄자를 주로 만나는 직업이지만 피해자가 억울하지 않게 돕잖아. 의사도 무서운 피를 봐야 하지만 아픈 사람을 돕잖니. 은지도 마찬가지야. 훗날 은지가 수의사가 되면 아픈 동물을 만나게 되겠지만 다시 건강해지도록 돕는 거지. 아무리 강한 사람도 혼자서는 상처를 치유할 수 없으니 우리는 이렇게 서로 도우며 사는 거란다.'

무서워서 수의사를 포기하겠다는 은지에게 긴 편지도 써서 건넨 그날, 승강기에 잠자리를 붙여 놓은 어떤 이의 잔인함이 가슴을 무겁게 눌렀다. 생명이 어떤 놀이나, 즐거움의 대상이 되어서는 안 된다. 모든 생명은 그 자체로 평등하다. 우선권이 없다. 잠자리는 잠자리의 삶을 살고 있을 뿐 우리는 잠자리의 생명을 앗을 권리가 없는 것이다.

'날아라, 잠자리야. 나쁜 꿈 따위는 싹 잊고!'

오해와 편견

네 칸짜리 직사각형 조그만 책장은 그리 낡삭지는 않았다. 그런데도 크게 쓰임이 없어 베란다 구석에 있다가 조그만 다육이 화분들을 조르르 올려놓는 받침대로 쓰였다. 무엇이든 잘 버리지 못하는 성격인지라 다육이 화분 받침대로 쓰게 되었을 땐 스스로 뿌듯하기까지 했다.

그런데 자꾸 물이 닿으니 표면이 일어나고 벌레가 생겨 안 되겠다 싶던 중에 아! 그래. 그거야! 다른 쓰임이 딱 생각났던 것이다. 바로 밭둑에 둘 의자. 저학년 아이들 셋은 너끈히 앉을 수 있는 의자로 말이다. 텃밭으로 자주 글쓰기를 나가는 아이들이 앉아 바람을 만나고, 햇살을 느낄 의자가 늘 아쉬웠는데 생각해 보니 저 책장을 가로로 뉘어 쓰면 저만한 의자가 없겠다 싶었다.

쇠뿔도 단김에 빼랬다고 성질 급한 난 바로 책장을 들고 나와 사람들 통행이 없는 우리 밭둑 안쪽에 놓으니 정말 벤치처럼 근사하기까지 했다. 그날 오후 지렁이를 만나러 나온 아이들은 "선생님! 벤치가 딱이에요, 딱. 누워도 돼요. 누워서 하늘 보면 정말 좋아요." 나보다 더 좋아하며 가위, 바위, 보를 해서 순서대로 누워 구름도 보며 즐거워했다.

그렇게 며칠이 지났을까? 승강기를 탔는데 그 책장을 들고 승강기에 서 있는 내 모습이 사진으로 떡하니 인화돼 승강기 게시판에 붙어 있는 게 아닌가. 얼굴은 모자이크 처리했지만 내가 분명했다. 사진 아래엔 207동 120X호 이렇게 호수의 끝자리만 X 처리한 동호수까지 적혀 있는 걸 본 순간 사색이 되었다. CCTV 화면을 인화한 것이다. 순간 너무나 당황해 가슴이 쿵쿵 뛰고, 온몸의 피가 싸늘하게 식는 기분이었다.

뭐지? 뭐지? 이게 무슨 일이지? 읊조리다가 다시 사진 아래 적힌 글을 읽어 보니 내가 가구를 무단 투기한 투기자로 적혀 있는 게 아닌가. 그러니까 내가 밭둑에 책장을 무단 투기했는데 그 책장을 수거해 쓰레기 분리수거함 옆에 뒀으니 딱지를 사서 붙이라는 것이다. 더구나 네가 누군지 이렇게 다 알고 있으니 창피한 줄 알아라. 들킬 줄 몰랐니? 이런 식의 글귀까지 적혀 있었다.

오해다. 분명 오해였다. 암! 오해지. 그런데 저 화면을 찾으려고 CCTV를 뒤졌을 걸 생각하니 그 수고가 미안하기도 하고, 한편으론 발가벗긴 듯 부끄럽고, 난감하기도 했다. 죄를 짓지도 않았는데 죄를 지은 듯 불안했다. 빨리 이 오해를 풀어야 했다. 허둥거리며 승강기에서 내려 곧장 관리사무소로 향하는데 평소에 불친절하기로 유명한 관리소 과장이 마침 사무소에서 쏙 나오는 것이다.

"아, 안녕하세요!" 먼저 큰 인사로 불러 세운 다음 자초지종을 말했다. 사실은요, 승강기에 붙은 저 책장 사진, 버린 게 아니라 밭둑에 의자로 둔 거예요. 무슨 오해가 있었나 봐요. 무단 투기한 게 아닌데 제가 실수했네요. 거기다 매직으로라도 버리지 말라고, '나는 의자' 이렇게 써 놓을 걸 그랬어요. 그러면서 별일 아니라는 듯 호기롭게 웃는데 관리소 과장은 여전히 변함없는 쌀쌀한 표정으로 나를 쳐다보더니

"무단 투기하는 아줌마들, 열이면 열 다 그렇게 말해요. 그래서 증거를 승강기에 붙여 놓은 거예요. 망신 좀 당해 봐야 알지. 어쨌든 딱지 사서 붙이세요."

그러곤 찬바람이 쌩 일도록 지나쳐갔다.

난 그날 다시 한번 느꼈다. 자신이 옳다고 믿는 것조차 편견일 수 있음을. 편견은 내가 다른 사람을 사랑하지 못하게 하고, 오만은 다른 사람이 나를 사랑할 수 없게 만든다는 제인 오스틴의 글처럼.

거북이

거북이 두 마리 중에 작은 녀석이 죽었다. 큰 놈한테 늘 치여서 덩치도 반밖에 안 된 녀석인데 바위 뒤쪽에 끼여 죽었다. 아침에 아이가 작은 놈이 안 보인다고 교복 입으며 말하기에 "늘 그랬듯 뒤쪽에 숨어 있겠지!" 대수롭지 않게 대꾸했는데 죽었다. 바위 뒤쪽에 끼여 꼼짝없이 눈을 감은 것이다.

일단 아이가 안 봤으면 했다. 오늘 기말고사 첫날이다. 충격 받아 울음을 터트릴 것이다. 안방 쪽에서 위이잉 드라이기로 머리 말리는 소리가 들렸다. 이때다! 손 빠르게 일단 건져내야 했다. 서둘러 부엌 싱크대 서랍을 열어 일회용 장갑과 거북이 담을 비닐을 꺼내 들었다. 그래도 직접 내 손으로 건져 내는 건 자신 없었다. 불현듯 내 손으로 전해질 주검의 딱딱함, 열한 살 때 만졌던 아버지의 주검, 그 낯선 느낌이 오롯이 전해져 올 것 같아 두려웠다.

서둘러야 했다. 바위를 밀자 거북이의 주검이 어항 바닥으로 축 가라앉았다. 뜰채가 필요했다. 아니 집게. 아니, 아니, 허둥거리는 눈에 큰 거북이가 보였다. 저 큰 거북이 녀석은 저와 몇 년을 함께 산 식구가 죽었는데도 좀 전에 내가 넣어 준 먹이를 먹느라 정신이 없었다.

그때도 그랬다. 아버지가 돌아가시고 이튿날, 엄마는 이십 일도 안 된 막내 젖을 먹이기 위해 억지로 물에 말은 밥을 넘기는데 할머니가 악에 받쳐 외쳤다. "저년이 남편 잡아먹은 년이 지 살자고 밥을 먹네! 목구멍으로 밥을 넘기네! 그러고도 네년이 사람이냐! 내 아들 살려 내! 내 아들 잡아먹은 년아!" 그래, 큰 거북이 너, 넌 지금 우리 엄마처럼 젖을 먹일 새끼가 있는 것도 아니잖아.

어떻게 꺼냈는지 모르겠다. 비닐 속에 얼른 집어넣으며 순간 전해져 온 딱딱함. 거북이 등껍질의 딱딱함이 아닌 사후 경직. 나만 보면 밥 달라고 그렇게 눈치 빠르게 찰방찰방 알은체를 해대던 녀석이 지금은 잠을 자듯 편안했다. 이럴 때가 아니다. 베란다 한쪽에 얼른 가져다 놓고 재빨리 식탁 앞으로 돌아왔다.

식탁 의자에 앉으며 아이는 다시 거북이 한 마리가 안 보인다고 말했다. "그래? 뒤쪽에 또 숨어 있겠지. 꼭 그 틈 새에 가 있더라고." 아무 일도 없었던 듯 짐짓 태연한 내 모습이 혹시 어색할까 봐 일어나 싱크대에 붙은 라디오를 틀었다. 아바의 노래, 맘마미아가 흘러나왔다.

아이는 재잘재잘 오늘 시험에 대한 긴장감을 엊그제 제 교복 바지를 바꿔 입고 간 짝, 재우 이야기로 풀었다. 아, 글쎄 체육시간에 반바지로 갈아입고 둔 내 교복 반바지를 그것도 내 책상 위에 둔 걸 왜 걔가 가져 가냐고요! 아, 빨 았대요. 안 빨아도 되는데. 아, 진짜!

아이는 그렇게 학교로 갔다. 기말고사 첫날. 오늘이 며 칠이더라. 그래 7월 5일. 잘 가. 거북아. 네게 밥을 많이 못 준 거 미안해. 더 줄걸. 달라고 할 때마다 더 줄걸. 배고팠 니? 많이? 너무 많이 주지 말래서 적당히 준 건데. 이것도 마음에 걸렸다. 비가 너무 와서 무덤을 만들기도 힘든 날, 그래, 잠시 지상에서 쉬어. 저녁때 네 어항 물 갈아 주느 라 늘 고생한 아빠와 작별할 시간은 가져야지. 그래, 쉬 어. 터덩 텅텅텅 이 빗소리 들으며 쉬어. 그래, 쉬자, 쉬자 꾸나. 안녕, 안녕! 생각보다 훨씬 멀리 떠나버렸을 네 영혼 에게는 안녕! 안녕!

하얀 거짓말

　오랜만에 다니던 외환은행 후배를 만났다. 마침 점심시간이라 무얼 먹을까 두리번거리다가 칼국수 집에 들어가 칼국수를 주문하고 앉았는데 옆쪽에 앉은 가족을 자꾸 흘금거리게 되었다. 서너 살쯤 되어 보이는 남자아이를 안은 삼십 대 초반인 아내를 대여섯 살 많아 보이는 남편이 어쩌면 그렇게 말끝마다

　"네가 그 모양이니까 내가 그러는 거잖아!"

　라든지

　"아, 시끄러워. 입을 열지 마! 짜증 나!"

　눈을 흘기며 으르렁거리는 폼이 한두 번이 아닌지 여자는 슬금슬금 남편 눈치만 보는 것이다. 그 모습을 보던 후배가 눈짓으로 자리를 옮기자는 신호를 보냈다.

아이를 쳐다보니 아이도 엄마 목에 목걸이만 만지작거리며 잔뜩 주눅이 들어있는 모습이었다. 잠시 삼 초 정도 정적이 흘렀을까? 나는 나도 모르게 남자를 빤히 쳐다보며 말을 걸었다.

"아저씨."

나지막한 목소리로 부르자 남자가 휙 나를 쳐다보았다. 나는 눈도 깜빡이지 않은 채

"가만히 보니 아저씨 관상에는 복이 하나도 없어요. 없어. 이제까지 잘된 일이 하나도 없었죠. 내 말 맞죠? 이유가 뭔지 알아요? 아저씨가 복을 차네, 자꾸. 아저씨 복은 아이 엄마야. 아내 관상에는 복이 꽉 차 있거든요? 아저씨, 아내한테 잘하세요. 아저씨는 아내 덕분에 그나마 급살 안 맞고 이렇게도 사는 거니까. 내 말 명심하세요."

여전히 눈을 맞추자 남자 얼굴이 붉어지며 당황하는 기색이 역력했다. 그러더니 내 눈을 슬그머니 피하며 소르르 기가 죽는 모습이었다. 반대로 아이를 안고 있던 여자 얼굴에 화색이 돌았다.

그래서 내친김에 한마디 더 거들었다.

"더구나 아이가 커서 훌륭하게 될 관상이에요. 아이가 잘되길 바라면 당장 아이 엄마한테 잘해야 해요. 엄마가

행복해야 아이도 행복해진다는 사실, 절대 잊지 마세요!'

그 말에 여자는 고맙다고 머리를 숙여 연신 인사를 하며

"복채를⋯⋯ 드려야지요?"

작고 가느다란 목소리를 건네기에 신당 밖에 나와서는 안 받는다고 너스레를 떨었다. 남자는 아이 이야기에 기분이 좋아졌는지 굳은 얼굴을 풀고 마침 나온 칼국수를 기분 좋게 받아들었다.

칼국수를 먹는 내내 여자는 발그레 볼까지 상기되어 편안해 보였고 남편은 머쓱해진 표정을 숨긴 채 아이 입에 칼국수를 넣어주고 있었지만 싫지 않은 표정이었다.

물론 내 앞에 앉아있던 후배는 나의 천연덕스런 오지랖에 처음엔 기막혀하더니 이내 날 보며 미소 짓고 있었다.

그런데 우리를 놀라게 한 것은 남자의 태도였다. 여자를 구박하던 태도는 온데간데없고 여자에게서 아이를 달라더니 안고 여자가 편안히 먹도록 하는 게 아닌가. 남자의 태도가 얄미워서 시작한 나의 즉흥적인 행동이 그런 파장을 불러올 것이라고는 나조차도 예상치 못했다.

계산을 마치고 가게 밖으로 나오는데

"선배. 아예 자리를 깔지? 그리고 오는 손님에겐 죄다

좋은 말만 해줘. 모두 기운 좀 나게."

후배가 너털웃음을 터트렸다.

"그럴까? 모두들 힘나게 희망만 전하는?"

나도 따라 성긋이 웃었다. 싱그러운 바람이 불었다.

세상에서 가장 귀한 인사

정수기에 문제가 생겨 생수를 사러 가야 했다. 그런데 손돌이추위에 나가려니 엄두가 나지 않았다. 바깥은 밤새 내린 도둑눈으로 눈포단을 덮었다.

주문을 해도 되지만 길도 미끄러운데 배달하는 분들 생각도 해야 했다. 그나저나 어쩌나, 갈까, 말까에서 시작해 대형마트로 갈까, 그런데 멀다. 그래 차라리 가까운 소형 마트로 갈까? 그러나 물을 들고 와야 했다. 이 추위에 언덕길까지 톺아 올라와야 하는 것이다. 아이고야, 어쩌나. 갈등하다 결국 대형마트로 정하고 나섰다. 중무장을 하고서.

그런데 주차장에 들어서자마자 절망했다. 여기저기 길고양이들이 자동차 아래에 들어가 날카롭게 '야아옹 야

아옹' 등을 구부려 싸우고 있지 않은가. 출차하려고 부러

"이 녀석들, 왜 그래. 싸우지 마. 사이좋게 지내야지!"

큰 소리로 외치기도 했지만 아랑곳 않고 싸우기에 그냥 지상으로 올라왔다. 까딱 잘못하다간 출차하다 고양이들이 다칠 수도 있겠다 싶을 만큼 주차장 여기저기에 고양이들이었다.

소형마트로 향했다. 정말 추웠다. 가까울 거라 생각했는데 예상 외로 멀었다. 더구나 칼바람이 옷 속을 파고들었다. 참말로 불쑥불쑥 집으로 그냥 갈까? 물은? 내일은 마트들도 죄 쉬는데 아, 얼른 사가지고 가자. 힘을 내, 수갱아. 다독거리며 겨우 마트에 들어섰다.

생각한 것처럼 제법 물이 무거웠다. 2리터짜리 여섯 개들이 한 묶음을 들고 다른 손에 라면이며 이것저것 장본 장바구니를 드는데 아이고야, 어찌 들고 가지? 난감했다. 그래도 가야지, 어쩌겠는가. 심호흡을 하는데 조금 전까지 문 앞에서

"오렌지 세일이요. 오렌지 사세요!"

외치던 거쿨진 총각이 내게 말을 걸었다. "집이 어디세요?"라고. 나는 얼른 "저기 보이는 빌라 201동이에요." 무심코 대답하자 "아, 그럼 제가 그 앞까지 들어다 드릴게

요."

굼슬겁게 다가와 반짝 물을 들었다. 이렇게 고마울 수가. 나는 생각지도 못한 행운에 연신 굽죄다가 함께 마트 문을 나섰다.

종종걸음으로 걸으면서 나는

"고마워요. 미안해서 어쩌나. 이 장갑 껴요."

내 장갑을 한 짝 빼서 주니 웃으며

"괜찮아요. 저도 장갑 있어요. 우리 마트를 찾아주셨는데 멀지도 않고, 가까우니 들어다 드리는 게 맞죠. 걱정 마세요. 얼마 전에 205동까지 들어 드린 적이 있는데 와, 한참 들어가더라고요. 가까운 줄 알고 들어다 드렸는데 하하. 그렇지만 201동은 바로 요 앞이잖아요."

웃는 모습이 싱그럽고 씩씩한 청년이었다. 내가 대형마트로 가려다 이곳으로 왔다고 말을 잇자

"아, 대형마트 가려다 오셨다고요? 하하. 잘하셨어요. 저희도 시장조사 하는데요. 대형마트보다 저희 마트가 싼 게 더 많아요."

맑고, 청청한 목소리가 아직도 귀에 쟁쟁하다. 빌라 입구에서 그만 두고 가라는 내 말에도 아니라며 한사코 우리 동 앞까지 들어다 준 총각이 허리를 굽혀 꾸벅 인사를

하던 날, 나는 마음 깊이 합장을 했다.

'복 많이 받으실 거예요. 아무리 마트가 한가하다 해도 마음이 나서지 않으면 이렇게 할 수 없는 일, 정말이지 복 받으실 거예요. 참 고맙습니다.' 세상에서 가장 깨끗하고, 진실한 인사를 전했다.

추웠다. 그런데 춥지 않았다. 거쿨진 총각이 동행해 준 길을 따라 매운바람도 숨이 턱에 차던 일도 기억나지 않을 것이다. 그 매운바람이 노대바람이었더라도, 그랬더라도.

솔봉이, 서울에 살다

외가가 있는 서울 양재동으로 이사를 온 것은 중학교 1학년 겨울방학 때였다. 지리산 골짜기에서 나고 자란 촌뜨기 아이라고 학교 애들도, 동네 애들도 껴주지 않았다. 그러다 보니 자연스럽게 동생들이 친구가 되었다.

그러던 다음 해 여름, 뒷집에 사는 아주머니가 방학 동안에 가락시장에서 일해보지 않겠냐고 했다. 한마디로 방학 아르바이트였다. 양파를 망에 넣는 일이라고 했다.

그 순간 속으로 쾌재를 불렀다. 양재동에서 도곡동 숙명여중까지 버스를 타고 다니려면 회수권이 필요했는데 돈이 없었다. 아버지 사고 보상금으로 받은 돈은 큰외삼촌이 잠깐 쓰고 준다며 가져가는 바람에 더욱더 궁색했다.

양파 망은 대, 중, 소로 나뉘었다. 양파 '대' 짜리 한 망을 다 채우면 30원, '중' 짜리는 20원, '소' 짜리는 10원이었다. 양파도 그냥 담는 것이 아니라 방법이 따로 있어서 예전부터 양파 담는 일을 해 온 아주머니들에게 배워야 했다.

그런데 생각보다 쉽지가 않았다. 한 망, 두 망, 담고 나니 손톱이 아파오기 시작했다. 헐렁하게 망을 채워도 안 되고, 너무 큰 양파를 선택하면 묶을 수가 없었다. 또 크고 반듯한 것을 얼굴(소비자가 망을 들었을 때 앞쪽에서 보이게 하는 것)로 해서 넣어야 했기 때문에 쉽지 않았다. 산더미처럼 쌓인 양파 속에서 그 얼굴을 찾아 넣어야 했는데 초보인 나는 시간이 많이 걸렸다.

"학생이 공부나 하지, 뭐 하러 나왔니?"

먼지를 뽀얗게 뒤집어쓰고 쭈그린 채 양파를 넣고 있는데 앞에 앉은 아주머니가 말을 걸었다. 영주 엄마라고 불리는 아주머니였다. 처음 왔을 때 망에 양파 얼굴 예쁘게 넣는 거며, 이것저것 친절하게 가르쳐 주던 아주머니였다.

쉬는 시간에 다른 아주머니들이 커피 마시며 하는 얘기를 들었다. 영주 엄마가 간암에 걸렸다는 것이었다. 그런데 치료는커녕 나와서 이렇게 일을 하고 있는 것은 중학생인 딸아이마저 버스에서 내리다 오토바이에 치였기 때문이었다. 설상가상 오토바이 운전자가 무면허 운전자에 미성년자여서 입원한 영주 병원비 마련하느라 이를 악물고 일을 한다고 했다.

모여서 점심 도시락 먹을 때도 영주 엄마는 양파를 넣었다. 모두 사정이 어려워 일을 나오니 누구 하나 선뜻 도움을 줄 수도 없는 상황이라 알면서도 굳이 말을 꺼내지 않는다고 했다. 그러고 보니 영주 엄마는 다른 아주머니들 쉬는 시간에도 쉬는 걸 보지 못했다.

그런데 어느 날 영주 엄마가 내게 보름달 빵과 우유를 내밀었다.

"난 방금 먹었어. 한참 클 나이에 굶고 일하면 안 돼."

먼지 뽀얗게 쓴 영주 엄마가 내게 부득불 내민 우유와 보름달 빵을 나는 볼이 미어지게 얼마나 달게 먹었는지. 난 그다음 날부터 아줌마 밥과 내 밥을 한 도시락에 꾹꾹 눌러 담고 빈 유리병에 신 김치를 담아 와 "바빠서 도시락 못 싸 왔죠?" 너스레를 떨며 나눠먹었다. 그렇게 한 달 정도 일을 하고 방학이 끝나 갈 즈음 매일 매일 몇천 원씩 떼 놨던 돈을 영주 엄마 가방에 넣어 놓고 왔다.

'이 돈은 다른 데 쓰지 말고 꼭 아줌마 점심 빵 사드세요.'

하트를 그려 넣은 메모지도 함께……. 영주 엄마가 그때 그 메모지를 보셨을까? 꼬깃꼬깃 접힌 천 원짜리와 함께?

양파를 볼 때면 지금도 나는 영주 엄마 생각이 난다.

진호

XX 초등학교에 전화를 했다. 아무래도 진호(가명)를 찾아야 했다. 어떻게든 오늘은 반드시 연락처를 찾으리라. 진호는 글쓰기 가르치던 친구인데 갑자기 모든 연락이 끊긴 상태였다.

"네, XX 초등학교 교무실입니다."

상냥한 여선생님의 목소리에 포문이 열렸다.

"안녕하세요. 작년에 2학년이던 이진호 친구가 어디로 전학을 갔는지 알 수 있을까요? 진호는 제가 글쓰기 가르치던 친구인데 글쓰기 잘해서 받은 상 두 개, 상패 하나, 아이 작품이 실린 잡지 두 권이나 제가 가지고 있거든요.

전해 주고 싶은데 방법이 없어서요. 어머니는 YY동에서 유치원을 하셨는데 역시나 연락이 안 되고, 진호와 함께 글쓰기 다녔던 친구 어머님께 여쭤도 제가 아는 옛날 그 번호밖에 모르시고, 어쩌나, 어쩌나, 하다가 마지막으로 이렇게 전화를 드렸어요."

물론 중간 중간에 선생님께선 개인정보라서 함부로 말씀 드릴 수 없고요. 교감선생님께 전달해서 다시 이수경 선생님께 연락드리는 방식을 취하겠습니다. 아, 그런데 몇 반인지는 모르시네요? 이름이 뭐라고요? 이진호요? 아, 네에. 연락드릴게요, 작가님. 이런 이야기들이 오갔다.

진호와 연락할 수 있는 방법을 찾으려고 얼마나 애썼는지 모른다. 진호 어머님이 운영하던 유치원으로 전화를 걸면 몇 번 울리다가 FAX로 넘어가 버리고, 진호 어머님 전화로 전화를 걸면 계속 꺼져있다는 알림 메시지만 나왔다. 대체 어떻게 연락하지? 그러기를 몇 번, 머릿속에는 늘 진호가 잘 있는지 궁금했다. 아빠와 엄마는 화해를 했을까? 그래서 이젠 아빠랑 함께 살고 있을까? 마음 여린 진호가 서울로 전학 가서 잘 적응하는지 진호가 남기고 간 글을 보며 진호를 떠올렸다.

교무실에서 다시 연락 오기를 기다리느니 성질 급한 나, 다시 전화를 걸었다. 아, 그런데 아까 통화한 선생님 존함을 여쭤보질 못했다. 다시 설명하려고 하다 교감선생님과 통화하게 해달라고 했다.

"아, 그럼 그 학생을 찾는 게 좋은 일이군요? 상장, 당연히 전달해야죠. 그럼 작가님 연락처 남겨주시면 그 학생 연락처 찾아서 알려드리겠습니다."

교감선생님과의 통화는 명쾌하게 끝났고, 진호 엄마에게 전화가 걸려온 것은 그 후 십 분도 채 되지 않아서였다.

역시나 전화번호는 바뀌었단다. 학교에서 연락 받고 전화를 부랴부랴 드리는 거라며 너무나 반가워했다.

"저희 진호, 처음 서울로 전학 와서 너무 힘들었어요. 전학 온 새끼라며 어떤 아이가 목을 조르며 괴롭혀서 경찰관도 학교에 오고, 아무튼 너무나 힘들었어요, 선생님."

그나저나 진호랑 얼마 전에 글쓰기 선생님 사는 곳 근처를 지나는데 진호가 선생님 보고 가면 안 되냐고 해서 안 계실지도 모르는데…. 말끝 흐리며 안 된다고 했더니 무척이나 시무룩해했다고 했다. 오늘 집에 돌아가 글쓰기 선생님 이야기하면 진호가 펄쩍펄쩍 뛰며 좋아할 거라고 했다. 그 소리에 저도요, 저도 오늘 이렇게 연락되어서 정말 좋아요. 팔딱거렸다.

"그렇지 않아도 선생님. 그곳 떠나오기 전에 상 받은 게 있는데 안 온다며 글쓰기 선생님이 진호 미워서(글쓰기 안 오니까) 안 주는 거 아니냐고. 얼른 연락해 보라고 했는데 제가 바빠서 이렇게 많은 시간이 흘렀네요, 선생님. 죄송해요."

그런 진호 어머니와 한참을 더 통화한 것 같다. 문자로 서울 어느 초등학교 주소를 전해 받았고, 우리의 인연은 다시 그렇게 이어졌다. 진호야, 연락 닿아서 정말 좋아. 좋아. 좋아. 사랑해! 아, 밥 안 먹어도 배부른 날이었다. 내 영혼을 더 나은 영혼으로 만들어 준 인연 덕분에.

아버지와 식사를

집 근처 단골 한의원에 가서 봉침을 맞은 뒤 대형마트에 갔다. 세일할 때 산 아이 바지 크기를 바꾸고, 귤이 먹고 싶다고 했던 말이 생각나 귤도 한 봉지 샀다. 그런 다음 삼층에 있는 식당에 가서 비빔밥을 사 먹고 갈까 말까 멈칫거리다 그래, 먹고 가자 싶어 올라갔다.

올라가 둘러보니 한산했다. 그런데 막상 올라가니 자장면이 먹고 싶어졌다. 자장면에 고춧가루 삭삭 뿌려 매콤하게 먹을 생각 하니 군침이 돌아 얼른 자장면을 시켰다.

딩동! 번호표 344번이 전광판에 떴다. 내 번호였다. 얼른 다가가 자장면이 얹힌 쟁반을 들고 조금 전에 앉았던 자리로 오는데 왼쪽 대각선 방향 1인용 테이블에 신사복을 입은 조쌀한 어르신이 앉아있었다.

한산한 데다 대각선으로 마주 앉다 보니 어르신을 살피게 되었다. 비빔밥을 시키신 듯 숟가락으로 밥을 비비는데 무척 힘들어보였다. 그러고 보니 숟가락을 한 번 떨어트렸는지 비빔밥 묻은 숟가락이 탁자 아래에 떨어져 있었다. 아무래도 손이 불편해 보였다. 어르신도 내 시선을 느꼈는지 나와 눈이 마주쳤다. 나는 얼른

"맛있게 드세요!"

웃으며 인사를 했다. 그 소리에 어르신도

"아이쿠, 난 인사도 못 드렸는데…. 맛있게 드세요."

활짝 웃었지만 어쩐지 들고 있던 손이 심하게 떨렸다. 나는 자리에서 일어나 어르신 곁으로 가서 목소리를 낮추며 여쭸다.

"혹시 괜찮으시면 제가 비벼 드릴까요?"

그렇게 어르신과 함께 식사를 하게 됐다. 비빔밥을 비벼 드린 다음, 물도 한 컵 떠 드리고 내 자장면 쟁반을 가지고 와 마주 앉은 것이다. 뇌졸중으로 쓰러졌던 일이며, 그래도 많이 좋아져 조심스럽게 산책도 하는데 오늘은 마트까지 와 본 일이며 말씀을 이어가는 어르신의 차분한 눈빛이 좋았다.

"전 아버지가 일찍 돌아가셔서 이렇게 인자한 어르신을

뵈면 우리 아버지면 참 좋겠다, 그런 생각을 해요."

그랬더니 어르신이 대뜸

"그럼 내 딸 할까?"

흐뭇하게 웃어주었고, 나 역시 "아, 좋지요!" 거쿨지게 밥을 먹었다. 예전에 외환은행에 다녔다고 하니 "외환은행?" 하며 반색을 하고, 자제분도 지금 외환은행 다니는데 해외지사에서 근무를 한다며 더 반가워했다. 현재는 시인이며, 아동문학가라고 소개를 드리니 아내인 할머님도 성대 국문과를 나왔다고 했다. 학교 다닐 땐 '문학의 밤'도 멋지게 해내고 학보지에 글도 꽤 잘 썼는데 결혼 후에는 육아일기도 쓰더니 그담엔 딱 멈췄다며 아쉬워했다.

그래서 말씀드렸다. 행복해서 그러실 거라고……. 어르신이 행복하게 해드려서 문학을 못 하시는 걸 거라고 주제넘게 말씀 드렸더니 그런가요? 하면서 환하게 웃었다. 공직에 있다가 퇴직했다는 어르신은 식사를 다 끝낸 뒤 내게 악수를 청하며

"마트에 자주 와요?"

하고 다정히 물었고, 인연이 닿으면 또 보자고 했다. 그렇게 헤어졌다. 그릇들을 치우고 커피를 주문하러 주문처로 다시 갔더니 주문 받는 아주머니가 조금 전 뵌 분과 아

는 사이냐고 물었다. 모르는 사이라고 했더니 놀라워하면서도 뱀뱀이 있는 기분 좋은 모습을 봤다며 고개를 끄덕였다.

　자려고 누워서도 친정아버지가 살아계셨다면 그 어르신 같은 모습이었을까? 아니 내게도 아버지가 존재하기는 했을까? 자꾸 오랜만에 만난 아버지와 헤어진 딸이 된 듯 그 어르신이 생각나 뒤척였다.

인연

열두 살쯤 돼 보이는 그 녀석! 아파트 근처를 산책할 때면 꼭 보이는 그 녀석. 그 녀석은 내 인사를 받은 적이 없다. 그렇다고 나를 못 본 것도 아니다.

저만치서 올 때도 내가 보이면 얼른 다른 곳을 쳐다보거나 고개를 숙인 채 돌멩이를 차며 지나갔다. 그러니까 내가 "안녕!" 하고 인사를 건네도 휘파람을 불며 건들건들 스쳐 지나는 것이 전부였다.

그러기를 벌써 반 년, 뭐 이런 녀석이 다 있나. 흥! 뭐, 나도 나 싫다는 사람은 싫다, 다음부턴 나도 모른 체할 거다! 고추 먹은 소리도 잠깐, 저만치서 그 녀석이 보이면 내가 먼저 손을 크게 흔들며 인사를 하고 있었다.

물론 몇 번은 소심해져 다가오는 그 녀석이 보이면 가

로수에 앉은 참새를 세거나 뽕나무에 매달린 박주가리를 열중한 듯 보며 그 녀석이 지나쳐 가길 기다렸다. 딴은 그 녀석이 나로 인해 불편해지는 것이 미안해서이기도 했다.

그렇게 또 봄이 가고 가을이 되었을 때 알게 된 것은 그 녀석이 우리 동네 아이가 아니라는 것이다. 아파트 건너편 산책로 입구에서 트럭에 감자며 양파, 마늘을 싣고 와 파는 할아버지 손자였다. 자세한 사정은 모르겠으나 친엄마 죽고, 필리핀 새엄마도 떠나고 할아버지와 단 둘이 살고 있다는 이야기도 들었다. 학교 마치면 제 할아버지 장사하는 곳까지 버스를 타고 온다는 것이다.

"어디 의지할 데가 없으니 종일 배회하잖아. 그러니 눈에 자주 띄었겠지."

자주 봤다는 내 말에 세탁소 사장님이 쓸쓸하게 대답했다.

그랬다. 내 눈에만 자주 띄었던 것은 아니었다. 그날 이후 나는 더 큰 소리로 그 녀석에게 알은체를 했다. "안녕! 여기서 만나네!" 큰 소리로 인사도 건넸다. 봐, 나는 네 이웃이야. 그러니까 알은체 좀 해! 그런 의도도 있었다. 그러나 내 기대는 보기 좋게 무너졌다.

그 녀석은 그런 내게 까딱 고갯짓 한 번 없었다. 그 녀석

이름이 종현이라는 것도 알게 되었지만 결론부터 말하자면 이름을 불러도 역시나 별 반응이 없었다는 것이다.

조금 달라진 것은 내가 "안녕?" 하고 인사를 하면 그래도 지나쳐가면서도 까딱 고개인사 정도는 하게 되었다는 것인데 물론 내가 먼저 말을 걸 때만이었다.

그런 종현이가 오늘 내게 먼저 말을 걸었다.

상글상글 웃으며 "안경은 어쨌어요?" 이렇게.

급하게 나가느라 안경을 못 쓰고 나간 내게 '안경은 어쨌어요?' 분명히 그렇게 물었다. 물론 건들건들 스쳐 지나가면서.

놀란 내가 그 녀석 뒤통수에다 대고 "어? 어떻게 알았어? 못 찾아서 그냥 나왔어!" 고래고래 고함을 치는 동안 나는 눈물이 날 지경이었다.

그래, 그동안 나를 봤던 거야. 나를! 내 얼굴에 안경 없는 것까지 알다니!

나는 작정을 하고 할아버지 트럭으로 갔다. 가서는

"종현이가 제게 먼저 말을 걸었어요! 저 안경 안 쓴 거까지 알더라고요."

눈 동그랗게 뜨고 호들갑을 떨었더니

"걔가 상처가 많아서 사람들에게 마음을 안 주는데 아

이고, 아주머니에게는 마음을 열었네요."

깜짝 놀라는 것이 아닌가. 그날 할아버지와 나는 모종
의 협상을 했다. 내가 아이들 글쓰기를 가르치니 우리 집
에 와서 함께 글쓰기 하면 어떻겠냐고. 나무 심장소리 들
으러 밖으로 나가거나, 텃밭에 아이들이 심은 토마토며
상추 만나러 자주 나가니 답답하지는 않을 거라고 했다.

그날부터 종현이는 못 이기는 척 우리 집으로 오게 됐
다. 함께 밥을 먹고, 책을 꺼내 읽고, 글을 쓰다가 저녁 거
미가 내리면 할아버지 트럭을 타고 돌아갔다. 모든 사람
은 자신의 행운을 빚는 장인이라고 했던가. 나도 종현이
도 우리 서로에게 행운이 된 셈이었다.

다정

집 앞 마트에 갔더니 연잎에 싼 오리고기를 팔았다. 오
븐에 구워서 기름기가 쫘악 빠졌다며 손짓했다. 마침 출
출하던 참에 아이 손을 잡고 다가갔다. 먼저 아이가 시식
을 했다. 안 짜고 맛있단다. 잘됐다. 마침 배도 고프니 그
오리고기를 샀다. 이미 요리가 된 상태여서 3층 식당가로
올라가면 먹을 수 있었다.

점심으로 먹을 요량으로 3층 식당가로 올라갔다. 그런
데 자리가 없었다. 그때 인자해 보이는 할머님 세 분이 앉
은 곳에 의자 하나 빈 게 보였다. 다가가 남은 자리에 앉
아도 되겠냐고 여쭸더니 흔쾌히 그러라고 했다. 손녀, 손
자들이 아이스크림 먹다 돌아다니고 있는데 괜찮다고 했
다. 따뜻한 말씀에 넙죽 인사를 드리고 계산을 마친 오리

고기를 펼쳤더니 할머님 세 분 눈이 뚱그래지며 물었다.

"아, 여기서 산 거유?"

"먹음직스럽네."

"광고 나왔수?"

동시에 묻는 통에 "네, 식품매장에서 샀어요. 하하하, 광고 나온 거 아니에요." 먹기 좋게 뼈를 발라내며 대답을 했다. 인자하신 모습들을 뵈니 돌아가신 할머니 생각이 났다. 할머니, 아무 조건 없이 나를 사랑해 주신 우리 할머니, 어제 남편과 부집을 한 뒤 혼자 화장실 구석에 앉아 서러움 삼키며 숨죽여 흐느낄 때 오직 한 사람, 할머니만 부르며 눈물지었다.

제일 먼저 다리 살을 찢었다. 그리고 찢은 고기를 옆에 앉아 계신 할머니 입언저리에 먼저 가져다 드렸더니 "아이고, 아니유, 아이 주시유!" 손사래를 치시는데 앞쪽에 앉은 할머니가 "아, 먹어 보우, 맛이 어떤가." 홈홈하게 부추기자 오리 고기를 입에 넣은 할머니가 "맛나네. 우리도 가면서 사가지고 갑시다."

옆에 앉으신 할머니께 웃음을 건네고, 나는 다시 또 오리 고기를 뜯어 맞은편에 앉은 할머니 입에도 넣어 드리니 입을 아 벌려 기분 좋게 드시던 할머니, 꼭 구순한 가

족인 듯 기꺼웠다. 그 다음 또 뜯어 그 옆자리에 앉은 할머니 입에 넣어 드리려고 하자

"아니에요. 난 오리 안 먹수. 그나저나 어찌 이렇게 다정한 사람이 있을까. 참 따뜻한 사람이유, 내 마음이 흐뭇하오. 얼른 아이 입에 넣어 줘요."

세상에서 가장 다정할 것 같은 웃음을 건네주었다. 조금 있으니 예닐곱 살 정도 된 손자, 손녀들이 와서 앉았다. 자기들도 달라며 참새처럼 입을 벌렸다. 하나씩 넣어주자 맛나다며 폴짝거리는데 할머니들이 이제들 가자며 일어섰다.

"얼른 드시우, 참 다정도 하오. 요즘 사람 같지가 않아."

내 등을 두드려주며 등을 돌렸다. 나도 벌떡 일어나 배꼽인사를 드렸다. 아, 그랬다. 나는 그때 잠시 우리 할머니를 세 분이나 만났던 것이다. 마루에 앉아 채반에 남겨두었던 산적이며 곶감, 민어를 똑똑 떼어 입에 넣어주던 우리 할머니에게 지금은 내가 오리고기 한 점씩 넣어드린 것이다.

내가 다시 자리에 앉자 우리 집 아이가 조금 전에 내가 한 것처럼 오리고기 한 점을 집어 내 입언저리에 가져왔다. 인정은 다시 또 인정을 부르나 보다.

미주와 사이다

미주는 우리 동네 아이였다. 우리 뒷집에 살았고, 우리 반이었으며 내 짝꿍이기도 했다. 그래도 친구라고 말하고 싶진 않았다. 툭하면 발작을 일으켜 교실바닥에 허연 거품을 물며 쓰러졌고, 잠시 후면 아무 일도 없다는 듯 툴툴 털고 일어났다. 잘 씻지 않아 몸에서는 늘 쿰쿰한 냄새가 났다. 더구나 덩덕새머리에서는 살찐 머릿니가 새까맣게 기어 다녔다.

그런데 미주는 나만 보면 달려왔다. 갓밝이에 학교 가자며 우리 집 앞에서 하염없이 나를 기다렸다. 학교에 가서도 나만 졸졸 따라다녔다. 화장실을 갈 때도, 복도를 걸을 때도, 어느 틈에 내 옆에 와있었다. 청소시간이면 제가 맡은 것은 재빨리 해놓고 내가 닦고 있는 유리창으로 와서 입김 호호 불며 더 열심히 닦았다.

미주는 내가 웃으면 나보다 더 좋아했다. 발그레 상기된 얼굴로 콧노래를 부르며 박꽃처럼 웃었다.

그날은 봄 소풍을 가던 날이었다. 모두들 가방이 터질 듯했다. 평소에 먹지 못했던 과자와 삶은 계란, 형형색색 음료수와 김밥도시락이 가방마다 채워진 것이다. 출발하기 전 줄을 선 우리는 너도나도 서로의 가방 속을 구경하느라 여념이 없었다. 그때였다. 그 아이, 미주가 사이다병을 내민 것은.

"니 이기 뭐꼬?"

수줍어하며 내민 사이다를 보며 내가 물었을 때 옆에 섰던 아이들도 두 눈이 와락 커졌다.

"이야! 사이다네. 이거 진짜로 맛있더라. 우리 엄마가 이거는 큰 회사에서 만든 기라꼬 다른 음료수는 못 먹게 해도 사이다는 만날 사온다!"

"그래? 그리 맛있나? 나도 한번 묵어보고 싶다!"

모두들 오구작작 사이다병을 만져보는데 나는 어리둥절했다. 이제야 말하지만 미주네는 끼니를 걱정할 만큼 가난했기 때문이었다.

그렇게 학교에서 한 시간을 걸어 강 건너 소풍지로 향

했다. 우리들은 재잘재잘 신작로가 들썩이도록 떠들며 갔다. 보물찾기며 도시락 먹을 생각에 먼지가 폴폴 이는 신작로도 싫지 않았다.

그런데 이상했다. 미주는 도시락 가방조차 메고 있지 않았다. 저수지에 도착한 아이들이 물수제비뜨기를 하고, 꽃송어리처럼 모여 앉아 노래를 부르고 과자를 나눠 먹을 때도 미주는 어쩐지 내 옆으로 오지 않았다. 오히려 나를 피하는 듯 보였다. 이상했지만 자유스러운 날이라 나도 애써 마음 쓰지 않았는데 드디어 점심시간. 엄마가 싸준 볶음밥을 꺼내고 아이들도 김밥을 펼치는데 미주가 보이지 않았다.

그래도 점심시간인데 그냥 있을 수가 없었다. 벌떡 일어나 두리번거리며 찾으니 저만치 솔수평이 쪽에 미주가 보였다. 다복솔 그늘 아래 미주가 물끄러미 앉아 있는 것이 아닌가.

나는 그날 알았다. 내게 사이다를 주고 싶어 자신이 먹을 과자나 계란을 포기하고 그 비싼 사이다를 사왔음을. 다른 아이들은 제 곁에도 못 오게 하는데 나는 친구가 되어줬다며 고마운 마음을 사이다로 전하려 했음을.

그날 나는 처음으로 내가 먼저 미주 손을 잡았고, 엄마가 싸준 볶음밥을 달게 나눠 먹었다. 처음으로 먹어 본 사이다. 아이들이 한 모금 달라고 성화를 부려도 한사코 손을 내저으며 우리 둘, 꺼억, 꺼억, 트림을 해가며 한 입씩 나눠 마셨다.

코를 탁 쏘는 맛에 손가락으로 코를 쥐고 킬킬대며 그렇게 친구가 되었다. 꽃무리 푸지고, 꽃빛발 눈부시던 오월에 친구가 된 미주는 지금 스님이 되어 있다.

설득과 이해 사이

임시보호 중이던 강아지 도리를 결국 되돌려 보내기로 했다. 동물 털 알레르기가 있던 딸아이의 상태가 생각보다 심각해졌기 때문이다. 급기야 심각한 중이염이 왔다. 오른쪽 귀가 잘 안 들린다고 해서 소아과에 보냈더니 벌겋게 붓고 아예 고름까지 차서 중이염이 됐다고 했다. 항생제 처방을 받았다. 아토피가 있는 딸아이, 어지간해선 약도 잘 안 먹이는데 어쩔 수 없이 항생제를 먹였다. 더 심해지면 수술을 해야 할지도 모른다는 경고를 들었기 때문이다.

말티즈 도리는 참 예쁜 강아지였다. 영리하고 눈치도 빨라 말도 잘 알아듣고, 온몸으로 자기표현도 했다. 동물사랑보호협회에 간 날, 문을 열었을 때 도리를 보고 첫눈에 반했다. 입양지가 정해질 때까지 임시보호 하려고 데려왔지만 내심 입양에 대한 생각이 들 정도였다. 인연은 그런 것이라 생각했다.

그래서 도리를 데리고 바로 마트에 갔다. 차에 혼자 두고 내릴 수가 없어 남편과 내가 번갈아 차에 머무르며 귀청소 약, 칫솔, 치약, 배변판, 기저귀, 간식, 철망, 밥그릇, 물그릇을 카트에 담았다. 그렇게 첫날부터 사랑에 빠졌다.

사실 나는 동물을 그다지 좋아하지 않았다. 어릴 때 상처 때문이었다. 기르던 진돗개가 쥐약을 먹고 죽어가는 모습을 보았고, 동네 사람들이 매달아 털을 태우고, 솥을 걸어 삶아 먹는 것을 보았기 때문이다. 그 충격으로 지금까지 개를 키울 수 없었다.

그런데 딸아이의 강아지 사랑은 막무가내였다. 강아지를 기를 수만 있다면 산골로 이사를 가도 좋다고 했다. 아파트라는 공동주택에선 기를 수 없다는 내 말을 듣고 말이다. 입양이 아닌 임시보호까지 생각하게 한 것도 딸아이의 강아지 사랑 덕분이었다. 용기를 낸 것이다. 딸아이는 도서관에서 부지런히 책을 빌려 왔다. 강아지를 키우려면 강아지에 대한 것을 알아야 한다고 했다. 매일 책을 빌려와 엄마인 내게도 읽기 숙제를 내줬다. 다 읽었냐고 묻고, 또 물으며 말이다.

도리가 오자 딸아이는 행복하다고 했다. 너무나 행복하다고 했다. 그러나 우려했던 일이 벌어졌다. 재채기와 눈물, 콧물이 멈추질 않았다. 아이는 몰래 콧물을 닦고 아무렇지 않은 척했다. 혹시 제 증상 때문에 도리를 돌려보내지 않을까 걱정이 되었던 모양이다. 열 살이 되도록 그런 모습을 본 적이 없었다. 그만큼 도리를 사랑하게 된 것이다. 그런데 중이염까지 오게 되다니.

마침 동물보호협회에서 전화가 왔다. 알레르기가 있는 딸아이에 대한 걱정으로 말이다. 그래서 상태에 대해 말하니 안 되겠다며 돌려보내 달라고 했다.

책상에 앉아 공부를 하고 있는 딸아이 얼굴을 보니 핼쑥했다. 많이 힘들어 보였다.

사실 도리 털을 깎고 옷을 입혀 볼까도 생각했지만 그 순간 결심을 했다. 도리를 돌려보내기로 말이다. 그래서 딸아이에게 이야기를 시작했다. 알레르기로 중이염까지 왔는데 안 되겠다, 이것은 극복의 문제가 아닌 것 같다며 강아지 보내야 되지 않겠느냐, 보내려면 빨리 보내야 도리도 덜 힘들다 그랬더니 공부하다 말고 통곡을 했다.

안 돼! 안 돼! 안 된다고! 너무나 아프게 울었다. 그 모습을 보며 나도 함께 눈물을 흘렸다. 나 역시 도리와 정이 들었던 것이다. 처음부터 도리를 데리고 오지 말 것을. 아이에게 임시보호도 안 된다, 끝까지 고집을 부리지 못한 나를 자책했다.

딸아이가 잠든 밤, 편지를 썼다. 바라는 것 모두가 성취될 수는 없다는 걸 경험하는 것도, 슬프지만 소중한 것이라고 말이다. 설득이 아니라 이해를 바란다고 말이다. 그리고 도리 밥그릇에 좋아하는 간식을 가득 채웠다. 꽃잎이 뚝뚝 지던 날처럼 내 뜨거운 눈물도 후드득 함께 채웠다.

뜨거운 인생

우연히 들른 삼겹살집이었다. 마침 주말 저녁이라 사람들이 고기를 굽고, 불판을 갈고 음식을 나르느라 분주했다. 우리 부부도 삼겹살 2인분을 시키고 기다리는데 아르바이트 학생들이 서넛 보였다. 그런데 고등학생처럼 보였다. 직원들 사이로 여고생으로 보이는 아이 둘, 남자아이도 조금 전 그 아이를 포함해 둘이 보였다.

마침 우리 테이블에 밑반찬을 나르는 여학생에게 물으니 고등학생이라며 고개를 끄덕였다. 지역 고등학생들인데 학교 추천으로 아르바이트를 한다고 했다. 기특하기도 안쓰럽기도 해서 쟁반에 가져온 반찬을 내가 차리고, 뜨거운 불, 조심하라고 당부도 했다.

그때 연우가 눈에 띄었다. 이름표에 '김연우'라고 쓰인

훤칠하고 해맑은 아이였는데 웃을 때 깨진 앞니가 보였다. 나중에 들었지만 음식을 나르다가 앞으로 자빠져 앞니가 깨졌다고 했다. 마침 우리 테이블에 연기가 많이 나자 연우가 부리나케 달려왔다. 서둘러 후드를 손으로 잡아 내리다가

"앗, 뜨거!"

손을 빼기에 나도 펄쩍 놀라 일어났다. "안 데었어요? 괜찮아요?" 물으며 찬 물수건을 손에 올려주자 계면쩍어하며 웃었다. 앳되어 보였다. 지금쯤 학원에서 집에서 공부를 할 시간이었다.

땀을 뻘뻘 흘리며 불판을 갈고, 손님들이 부를 때마다 정중하게 대답하며 부지런히 뛰어다녔다. 나는 고기를 구우면서 연우에 대해 궁금해졌다. 음식을 다 먹고 계산을 마친 뒤 사장님께 조용히 여쭸더니 무릎을 탁 치셨다.

"연우요. 저희도 얼마나 아끼는 친구인지 몰라요. 저렇게 열심히 사는 아이도 없을 거예요. 농막 화재로 부모님 잃고, 누나랑 남동생, 연우 이렇게 셋이 사는데 학교에서도 우등생이랍니다. 누나랑 연우랑 벌어서 먹고사는데 비뚤어진 데 하나 없는 아이입니다."

그런 연우에게 전해 달라고 오만 원을 봉투에 넣었다.

손님이 줬다는 말 하지 말고, 사장님이 보너스 주는 걸로 해 달라 부탁도 했다. 현금으로 주는 게 부담스러우면 쌀을 구입해 전달해 달라는 말도 했다.

그렇게 집으로 돌아온 다음 날 연우가 다닌다는 학교를 물어서 담임 선생님과 통화를 했다. 조심스럽게 왜 연우에 대해 알고 싶어 하는지 묻기에

"많지 않지만 한 달에 십만 원씩이라도 후원을 하고 싶습니다."

대답한 뒤 식당에서 연우를 만난 일을 이야기했다. 알고 봤더니 담임 선생님과 학교 선생님 두어 분도 연우를 후원하고 있었다. 연우 누나가 근처 반도체 공장에 다니는데 겨우 스무 살이라고 했다. 월급도 많지 않아 월세 내고, 부식비 제하고 나면 연우가 아르바이트로 번 돈이 생활비가 된다고 했다.

연우가 반장이고 공부도 곧잘 해서 선생님도 늘 안타까웠는데 이런 전화를 받으니 기운이 난다고 했다.

그러나 예민한 문제일 수 있으니 후원을 학비 형태로 하는 것이 어떻겠냐고 했다. 이러이러한 후원금이 들어왔는데 네가 자격이 되어서 장학금으로 지원하려고 한다 하면 아이 자존심도 상하지 않고 좋을 것 같다고 했다. 마침

나와 뜻이 맞은 교수님 한 분도 연우에게 후원을 약속했다. 그러나 비밀은 그리 오래가지 않았다. 식당 사장님, 학교 선생님도 결국 연우에게 이야기를 했던 모양이다.

후원 후 6개월쯤 지났을 때 내 휴대전화로 '고맙습니다. 세상에 진짜 이런 분이 있을 줄 몰랐습니다. 열심히 살겠습니다.' 라는 문자 메시지가 온 것이다. 결핍은 고마워할 것이 많아지게 한다. 나 역시 결핍 속에서 자랐기에 나는 오히려 연우에게 고마웠다. 그래서 연우야, 우리 서로 고마워할까? 놀이터에 뛰어든 봄볕이 눈부셨다.

희망으로 가는 중

깊이 주름 잡힌 겨울 산을 뒤로하고, 산책을 털고 오던 오후, 1층 계단에 누가 앉아 있었다. 다가가 보니 새로 생긴 근처 마켓 전단지를 한 장 한 장 접고 앉은 스무 살 남짓 되어 보이는 아가씨였다.

옆에 둔 열린 가방 가득 전단지여서

"아르바이트 하나 봐요?"

승강기 버튼을 누르며 물었더니 네, 하고 수줍게 웃었다.

나는 말없이 고개를 끄덕이다가 수고하라는 인사를 남기고 집으로 왔다. 그런 다음 재빠르게 식빵을 토스트기에 넣었다. 땅콩잼은 알레르기가 있을지 모르니 냉장고를 열어 딸기잼을 꺼냈다. 손 빠르게 달걀을 풀어 양배추, 당근도 채 썰어 넣고 프라이팬에 부쳤다. 그렇게 완성한 샌드위치를 은박지에 싸고, 오렌지 주스 하나와 멸균 우유를 봉지에 담고 서둘러 승강기를 탔다. 그런데 1층에 도착하니 그 아가씨가 없었다. 주위를 돌아보니 우편함마다 마트 전단지가 꽂혀있었다.

밖으로 나오니 겨울비가 추적추적 내리고 있었다. 나는 옷에 붙은 모자를 둘러쓴 뒤 옆 라인으로 달렸다. 없다. 그 옆 라인을 살펴도 없었다.

다시 내달려 209동, 210동, 내 몸은 어느새 비에 젖어 축축한데 211동 1-2호 라인에서 전단지를 꽂고 있는 아가씨를 만나게 되었다. 어찌나 기쁘던지 반가움을 매달고 얼른 들어가서 봉지를 쓱 내밀었다.

"건강한 노동을 하는 친구가 예뻐서 가져 나왔어요. 배고플 텐데 먹고 해요."

호흡을 가다듬으며 웃으니 수줍게 받아들었다. 배가 많이 고팠는지 계단에 앉아 허겁지겁 샌드위치를 먹었다. 놀란 내가 주스 뚜껑을 열어 주니 샌드위치를 오물거리며 눈인사를 했다. 먹을 게 들어가니 눈빛도 활발해졌다. 대학생이라고 했다.

'비닐공장을 운영하던 아버지가 부도를 맞고 쓰러진 뒤

뇌졸중과 급성치매로 입원 중입니다. 대신해 어머니가 진통제에 의지한 채(대장암 항암치료와 고혈압, 관절염, 신장결석, 교통사고로 인한 얼굴뼈 골절, 머리 통증 등으로 고생 중이십니다.) 식당이며 여기저기 뜬벌이로 제 학비와 생활비를 감당하기에 장학금을 신청하는 데 있어 더 이상 망설일 수가 없었습니다.

물론 저도 최선을 다해 아르바이트를 하며 짐을 덜어드리고 싶지만 간신히 제 교통비와 식대를 해결할 정도라 친척집에 의탁하고 있는 어머니의 한숨을 덜어 드리기엔 너무나 부족한 실정입니다. 그래서 이런 저의 사정을 학교 측에 알려 도움을 받고자 경제지원장학금 신청을 하게 되었습니다.'

가방을 뒤져 차곡차곡 접은 경제지원장학금 신청서를 보여 주었다. 이렇게 여러 이유로 장학금 신청을 했는데 떨어졌다고 했다. 그래도 자신보다 더 어려운 학생이 받게 됐을 거라며 그걸로 위안을 삼는다고 했다.

"기회는 늘 고통과 절망으로 변장한 뒤 오거든. 힘내요. 언젠가는 오늘 일을 웃으며 이야기하는 날이 올 거예요."

등을 토닥여 주자 고맙다며 허리를 굽혀 인사했다. 그날 나는 이미 젖은 김에 그 여학생과 함께 전단지를 꽂았

다. 꽂는 노하우가 있는 것도 그날 알았다. 세상에 공짜가
어디 있던가. 평소에 귀찮은 듯 휙 뽑아버린 전단지를 내
가 꽂고 있다니. 그랬다. 세상 모든 일, 알고 나면 틀린 것
은 없다. 다만 다를 뿐이다.

　전단지를 모두 돌리고 헤어질 때 틀수한 여학생이 갑자
기 나를 꽉 끌어안았다. 생각지도 못했는데 말없는 포옹
에 여학생 등을 토닥이며 말했다. 지금 절망이 아니라 희
망으로 가고 있는 중이라고. 그 사실을 늘 기억하며 살라
고.

텃밭 편지

몇 년 전 봄, 아이가 편지를 쓰기 시작했다. 종이에 쓴 편지나 컴퓨터에 쓴 이메일이 아니었다. 바로 상추 편지. 글씨는 없지만 많은 이야기가 빼곡하게 쓰인 편지였다.

아이가 중학교 입학 후 일과시간 틈틈이 텃밭에 나간다고 했다. 저희 반 텃밭에 물을 주고 상추를 솎아 씻어 점심시간에 먹기도 한다며 신나 했다.

처음 학교 옆 공터에 학년, 반별로 텃밭이 있다고 박수까지 치며 1-3, 나무팻말을 제 아버지와 만들며 들뜨기도 했다.

텃밭 물 주기 봉사를 신청했지만 탈락, 그래도 봉사와는 상관없이 묵묵히 물을 주고 텃밭일지를 썼다. 배추벌레를 만난 날, 나뭇가지를 주워 배추벌레를 다른 곳으로 옮겨 준 일도 자세히 기록했다. 정작 봉사를 신청한 친구들은 잘 나타나지도 않는다고 했다. 텃밭 봉사 신청한 애들이 '봉사 담당도 아니면서 왜 오냐'고 엄부럭 부렸지만 대수롭지 않게 툭 털어버리고, 상추 순을 솎았다며 배시시 웃었다.

솎은 상추를 담임 선생님도 드리고, 친구도 준다고 했다. 좋아하는 수학 선생님도, 영어 선생님도 드리고, 말없는 친구에게 다가가 슬쩍 건네기도 한다며 더 달라는 친구에게 다시 제 것을 덜어준다고 했다. 텃밭 상추는 아이에게 이제 마음을 잇는 편지가 되었다고 했다.

그 후, 그런 편지를 일 년 가까이 받질 못했다. 옆 반 아이 H, 따돌림을 당하던 H를 도왔는데 정작 그 아이, H⋯⋯. 분노장애가 있었던 것이다. 우리 아이가 저를 받아주자 오히려 집착과 분노를 쏟아 냈다. 점심시간, 밥을 먹는 우리 아이에게 다가와 지금 당장 자리에서 일어나지 않으면 목젖을 따버린다는 말도 서슴지 않던 H, 학교폭력위원회 이야기가 나오자 우리 아이를 더 힘들게 했던 일은 지금도 내 가슴에 은결들어 마구 후빈다.

그래도 우리 아이는 견뎠다. 꿋꿋하게 이겨냈다. 예전에는 쉬는 시간, 복습을 하고 예습을 했지만 그 즈음엔 그 아이를 피해 텃밭으로 나갔다. 물뿌리개로 물을 주고, 햇무리에게 아픈 마음 털어놓고, 상추 편지를 썼다. 고춧잎 편지에 깻잎 편지도 썼다.

'엄마, 생각해 보니 그 친구 탓이 아니었어. 생각해 보면 내가 원하는 대로 그 친구가 행동해 주길 바랐던 게 아닐까? 다양한 모습을 내 틀에 맞추려고 했던 내 탓도 있지 싶어. 우리는 다른 거지 틀렸던 게 아니네. 텃밭에 있는 것들이 종으로 보면 식물이지만 상추, 깻잎, 고추라는 각각의 이름이 있듯 말이야.'

오늘 아침, 아이는 책가방을 챙기며 앗! 외마디 비명을 지르더니 상추를 꺼냈다. 미처 어제 꺼내놓지 못했다며 조금 시든 상추를 물에 적셔 한 장, 한 장, 펼쳐 놓았는데 조금 있으려니 상추가 파릇파릇 되살아났다.

아! 경이로운 생명이여. 상추에게 따뜻한 눈길을 보낸 뒤 자신의 삶에 주인이 되어 뚜벅뚜벅 걸어가는 아이에게도 큰 박수를 보냈다.

세상에서 제일 큰 박수를. 손이 부서져도 멈출 수 없는 박수를.

SIZE FREE

기분이 좋지 않았다. 고객센터 담당 직원이 세 개 만 원 짜리인 레깅스를 교환하러 간 내게 "비닐을 뜯으면 환불 안 되는 거 모르세요?"라고 반문할 때까진 그래도 뭐 그 러려니 했는데 담당 매니저, 코너 직원까지 내려와서 심 각하게 한마디씩 할 땐 환불, 교환 포기하고 당장 나오고 싶었다.

그러니까 레깅스를 입어보고 살 순 없어서 '프리' 사이 즈로 표시해 뒀기에 산 건데 와서 입어 보니 턱없이 작아 바꾸러 간 거다. 그럼 나도 할 말은 있지 않은가. 레깅스 를 뒤집어 아주 깨알같이 작게 쓰인 '착용 신체사이즈'를 들이밀면서 "아니 이 신체사이즈인데도 안 맞아요?" 하 며 내 하체를 훑어보는 건 또 무슨 경우인가. 그럼 그

'FREE' 문구는 적어 두지 말았어야 하는 거 아닌가.

난 더 이상 실랑이 벌이고 싶지 않아 교환, 환불을 포기하고 나왔다. 그렇게 대형마트를 나와 주차장으로 가는데 쇼핑한 짐을 차에 다 실었는지, 아기들 타는 자동차 모양 카트를 가져다 놓으러 가는 젊은 아기 엄마가 보였다. 그런데 불안한 듯 자꾸 차 쪽을 힐긋거리며 가는 모습이 차 안에 아기가 있는 게 분명하다, 분명해!

그냥 지나칠 수 없어서 저기요!

"아기 엄마, 카트, 저 주세요. 제가 갖다 놓을게요. 차에 아기 혼자 있죠?"

그랬더니 화들짝 고마워했다. 아니나 다를까 그 순간 자지러지는 아이 울음소리가 들렸다. 분명 아기가 있는 차 쪽에서 났다. 아기 엄마와 나는 동시에 자동차 쪽으로 내달렸다. 그런데 아뿔싸, 카시트에 앉혀만 놓았는지 옴 포동이가 카시트 옆으로 넘어져 버둥대고 있는 것이 아닌가. 아기 엄마는 뒷문을 얼른 열어 아기를 가슴에 안았다. 입술까지 파래져 우는 아이에게 나는 나도 모르게 동요를 부르기 시작했다.

"개울가에 올챙이 한 마리 꼬물꼬물 헤엄치다, 뒷다리가 쑤욱 앞다리가 쑤우욱 팔짝팔짝 개구리 됐네!"

다리를 뒤로 쭈욱 뻗고, 앞으로 쭈욱 뻗으며 율동까지 곁들여서 말이다. 그러자 아기가 어느새 울음을 뚝 그치며 벙글거리기 시작했다. 휴, 다시 아기를 카시트에 잘 앉히고 안전벨트를 채운 아기 엄마가 고맙다며 따뜻한 인사를 건넸다.

"제 친정 엄마를 만난 듯했어요. 작년에 돌아가셔서 쓸쓸했는데 고맙습니다. 오늘 있었던 일 가슴에 품고 살게요." 하기에

"에이, 엄마가 아니라 큰언니쯤으로 해주세요."

하며 크게 웃었다. 그때 마침 손에 들고 있던 레깅스를 건넸다.

"입어봤더니 작아서 교환하러 왔더니 비닐을 뜯어서 안된대요. 아기 엄마 체형을 보니 날씬해서 맞을 듯싶은데 입을래요?" 하고 건네니 어찌나 반가워하던지.

"어머, 어머 고맙습니다. 마침 사려고 했던 레깅스인데 어머, 어머 제가 오늘 운이 좋네요." 하며 폴짝폴짝 뛰기까지 했다. 바꾸지 못한 레깅스를 보며 속상해하지 않고, 내게 언짢은 소리를 낸 직원들을 미워하지 않으니 이렇게 좋은 일이 생겼구나.

그날은 종일 콧노래가 나를 따라다녔다.

진상과 오지랖 사이

아침이면 근처 초등학교까지 산책을 다녀온다. 학교 가는 아이들 모습 보는 것이 너무나 좋아서다.

"안녕? 좋은 하루 되라. 아휴! 뉘 집 아들인데 이리 준수허냐아, 멋지다. 훤하다. 행복한 하루 되어라. 잘 다녀와. 안녕! 안녕!"

인사를 건네며 재빠르게 저기 오는 친구는 어떤 칭찬이 좋을까? 얼른 특징을 살펴 진심 어린 칭찬을 건넨다. '하루 한 번 칭찬하기' 뭐 이런 작심을 한 건 아니지만 칭찬을 듣고 방시레 웃는 모습을 보면 내 마음도 활짝 펴진다.

"얘들아, 저기 봐. 저건 뽕나문데 뽕잎들은 어떻게 지는 줄 알아? 쟤네들은 하나, 둘, 셋! 센 다음 와그르르 쏟아지고, 또 조금 있다가 와그르르 한 번에 낙엽이 져. 툭툭 하나씩 안 떨어지고."

학교 가는 아이들한테 크게 외치면 그래요? 와, 신기하다. 와! 그냥 지나치지 않고 말 받아 주는 친구도 있고, 힐끗힐끗 곁눈질하며 가는 친구도 있다.

그래도 대부분의 친구들은 인사를 건네는 내게 정중하게 배꼽인사를 한다. 어쩌나 그 모습이 예쁜지 행복해서 눈물이 날 지경이다.

아, 맞다! 그리고 무단횡단 상습적으로 하는 검은 뿔테 쓴 중학생 남자 친구! 그 친구가 무단횡단 당당하게 하던 몇 달 전 그날! 우렁우렁 그 친구를 불러

"넌 정말 소중한 사람이야. 네 눈에 안 보이던 차들이 너를 못 보고 칠 수가 있다고!"

애원하는 눈빛 몇 번 보더니 세상에나 얼마 전부터 안 한다. 그 친구, 저만치서 걸어오는 모습 보고 내가 먼저 환하게 웃으며 손을 흔드니 엉겁결에 저도 흔들었다. 마치 신호를 하듯 손을 흔들다가 서둘러 배꼽인사를 하는 모습이 어쩌나 사랑스럽던지 잊히지가 않는다.

그런데 엊그제는 저만치서 나를 발견하곤 좀 부담스러웠던지 고개를 푹 숙인 채 제 한 손으로 얼굴을 긁는 시늉을 하며 지나가기에 뭐, 나도 못 본 체해 줬다.

참! 조금 전에는 중학교 앞 횡단보도 지킴이를 근사하게 생긴 남자 선생님 혼자 하고 있었다. 그래서

"오늘은 선생님이 나오셨어요?"

말을 걸었더니 잠시 머뭇거리며

"아니에요. 아들이 이 학교 다닙니다."

하는 게 아닌가? 아, 얼마나 내 마음이 든든하던지

"자제분이 오늘 아버지 모습, 평생 잊지 못할 거예요. 살면서 힘들고 지칠 때 나를 위해 양복을 입은 채 횡단보도 지킴이를 해 준 그 일을 떠올리며 다시 힘을 낼 수 있을 거예요." 했더니

"그럴까요?"

하며 방그레 웃었다.

신호등 바뀌기 기다리며 횡단보도에 선 화장한 친구에게 다가가

"지금 입술 색깔도 예쁘지만 피부가 뽀얀 편이니까 한 톤 낮은 색으로 바르면 더 돋보일 것 같아."

말했더니 오! 그래요? 하며 좋아했다.

승강기에서도 타는 분들께 먼저 말 걸고, 아침 인사를 나온 경비 아저씨에게도 우리의 하루를 행복하게 열어주는 고마우신 분이라고 엄지손가락 치켜드는 일, 모두가

나를 행복하게 해준다.

이웃은 내가 먼저 다가갈 때 이웃이 되었다. 마음의 문을 여는 문고리는 안쪽에만 있다고 하지 않던가. 저만치 이웃이 다가오면 어떤 칭찬을 해 드릴까 오늘도 나는 행복한 고민 중이다.

돌아올 그날

　여든 살 정도 된 꼬부랑 할아버지가 계신다. 집 근처 텃밭에 늘 나오시는 할아버지다. 진대나무로 기둥을 세운 농막을 짓고, 라디오를 켜놓고 밭일을 하신다. 勤者必成근자필성 직접 쓴 붓글씨도 액자에 담아 농막 밖에 걸어 놓았다.

　배나무, 복사나무, 사과나무, 앵두나무도 한 그루씩 밭둑에 심고, 아주까리, 해바라기로 담장을 만들어 마치 집인 듯 그곳에 머물렀다.

　오늘도 산에 올랐다가 그늘만 골라 디디며 내려오는 길이었다. 쉬실 줄 알았는데 그 뜨거운 쨍볕 아래 앉아 지심을 매는 할아버지를 만난 것이다.

　그걸 보고 내가 펄쩍뛰며

"어머나, 어르신. 큰일 나요."

허겁떨이를 했더니

"말짱혀!"

일어날 생각을 않는 것이다. 열사병을 외쳤다. 열사병 걸리니 일어나시라 했다. 지나갈 줄 알았던 동네 아줌마가 갈 생각도 않고 부득불 밭틀로 오더니 열사병은 중추신경계가 망가지면서 간이나 콩팥이 괴사돼 바로 죽는 무서운 병이라고 재재거리는 모습도 못 본 체하며 계속 지심을 맸다.

그래서 안 되겠다 싶어 할아버지 팔을 잡아 일으켜 농막 그늘 아래 둔 의자에 앉으시게 했다.

"자 보세요, 어르신. 중추신경이라는 게 이 머리, 뇌에 있어요."

그러면서 내 머리를 툭툭 쳤다.

"애가 우리 몸에 이런저런 명령을 내리는 대장인디 그 대장이 저런 쨍볕에 오래 있음 쥐도 새도 모르게 고마 팍 죽어요. 대장이 죽으믄 어찌 되겠어요. 대장이 우리 몸속에 명령을 못 내려서 결국 사람이 죽게 되는 거예요. 그러니까 이렇게 더운 날은 일하지 마세요!"

신신당부를 했다. 보청기를 끼고 있지만 그리 크게 말

했는데 안 들릴 리도 없을 텐데 먼 산만 바라보던 할아버지. 입속말로

"막걸리 한 됫박 퍼 묵고 해야긋네."

중얼거리던 할아부지가 미국 워싱턴은 지금 몇 시냐고 물었다. 만날 계산하는데도 헷갈린다고 했다. 새벽 한 시 정도 됐다고 하니 말없이 고개를 끄덕였다.

모두 떠났다고 했다. 여섯 살, 쌍둥이 손자 둘과 여덟 살 손녀, 열두 살 손자까지 모두 아들 내외 따라 이민을 갔다고 했다. 북적이던 집이 한순간에 적막강산이 되었다며 집에 들어가기 싫다고 했다. 그러면서 내게 밭을 보라고 손짓했다.

다가가 보니 밭고랑마다 푯말이 세워져 있었다.

'까칠한 은서 밭', '고기야, 기다려!', '현서 고구마', '텃밭을 나온 상추!'

빨강, 파랑, 색연필로 참새도 그려 넣고, 해님도 예쁘게 색칠한 푯말이었다. 농작물은 농부 발작소리 듣고 자란다고 했다. 아이들 발작소리 대신해 할아비 발작소리라도 들려줘야 한다고 했다. 이렇게 텃밭 만들고 씨 뿌리고 갔으니 돌아오면 외붓듯가지붓듯 잘 자란 채소들을 보여주고 싶다고 했다. 그래서 내가

"그러려면 어르신이 건강하셔야겠네요? 답 나왔네요?"

코를 찡긋했더니 비로소 빙긋이 웃었다. 이제 가야겠다
며 돌아서는 내게

"내 외누다리 들어줘서 고마우이."

주름을 펴시기에 내일도 딱 보고, 쨍볕에 나와 계심 경
고장 날릴 거라고 했다. 그 옛날 지게에 가득 꼴 베 얹고,
자드락길 걸어오던 우리 할아버지, 우리 할아버지도 살아
계시면 얼마나 좋을까, 진한 그리움과 함께 나란히 돌아
왔다.

용서 없는 시간

눈부신 햇살 정도 돼야 돋보기 안 쓰고도 책이 보여 공원에 앉아 책을 읽던 오후였다. 교복을 입은 중학생 남자아이 셋이 공원 쪽으로 오는 것이 보였다. 처음엔 사이좋은 친구들 같았는데 들리는 목소리 하나는 바들바들 떨리는 목소리였다. 동시에 담배였다. 바람이 내 쪽으로 방향을 바꿀 때마다 혹 매캐한 담배 연기가 속을 뒤집어 놓았다.

카악 퉤! 가래를 뱉고, 찍찍 침 갈기는 소리가 귓결에 감겨 왔다.

"이 새끼가. 돈을 가져와야 할 거 아니야! 뒈질래?"

날카로운 목소리 하나가 확 꽂히는데

"미안해, 돈을 더 못 구했어. 때리지 마. 잘못했어."

울먹이는 겁먹은 목소리도 감겨왔다. 그냥 있을 수 없었다. 자리를 털고 일어나 그쪽으로 향하며

"잠깐만!"

날카롭게 외쳤다. 잠시 멈칫하던 덩치 큰 두 녀석이 고개를 푹 숙인 채 뒷짐을 지고 있는 조그만 아이를 한 번 보고 나를 다시 쳐다보며 소리쳤다.

"왜요? 뭐요? 아줌마 뭔데요?"

이쯤 되면 그러거나 말거나 내버려 둘 일이 아니었다. '남의 인생에 너무 간섭하면 안 된다. 저들은 커나가는 중이다. 저들도 어른이 되는 과정에 시행착오가 필요하고, 그것을 넓은 테두리 안에서 우리는 지켜볼 필요가 있다.'

있다? 아니다! 지금은 절대 아니다. 지금은 따끔하게 혼을 낼 필요가 있다. 미성년자다. 어떻게 살든 행복하게 살 권리가 있지만 내 행복을 위해 남을 불행하게 해서는 안 된다고 가르쳐야 하는 것이다. 나는 고개 숙인 아이에게 물었다.

"너, 얘들과 친구니?"

아이가 숙인 고개를 가로저었다.

"그러면 돈 빌려주고 안 갚았어?"

다시 푹 숙인 고개를 가로저었다. 그때 난 보았다. 땅바

닥으로 뚝뚝 떨어지던 굵은 눈물방울을. 한두 번 당한 게
아님을 직감했다. 뒷짐을 지고 있는 손이 발발 떨리고 있
었다.

그때 눈빛을 날카롭게 빛내던 한 녀석이

"아줌마, 그냥 곱게 가요. 나중에 후회하지 말고."

숫제 협박을 하는 것이다. 그래, 한 번 죽지 두 번 죽겠
니. 절대 비겁하게 살진 않겠다. 전화기를 들어 신고를 하
려는데 지나던 건장한 청년이 다가왔다.

"너희, xx중학교 일진! 저번에 나한테 한 번만 더 걸리
면 용서 안 한댔지? 이리 와."

손을 뻗어 두 놈 뒷목을 잡았다. 떡 벌어진 어깨와 우람
한 근육이 한눈에 봐도 예사롭지 않았는데 나중에 알았
다. 우리 아파트에 사는 형사라는 것을. 마침 비번이라 운
동 나왔다가 이 광경을 보고 다가왔던 것이다.

순찰차가 와서 두 녀석을 태우고 떠난 뒤, 바들바들 떨
던 아이가 울음을 터트리며 옷소매로 눈물을 닦았다. 아
이가 진정된 뒤 만약 또 괴롭히는 일이 생기면 곧장 연락
하라며 형사님이 명함을 줬다. 나도 전화번호를 알려줬
다. 부모님이 알고 계시냐고 물었더니 걱정할까 봐 말씀
안 드렸다기에 이 사실을 말씀드리고, 상황을 공유하라고

일렀다. 아이 하나를 기르려면 온 마을의 힘이 필요하다고 했던가.

기운을 차린 아이를 보며 나는 네 편이라고 말해줬다. 결코 혼자가 아니라는 것도. 그 순간 벚나무에 앉았던 멧비둘기 소리도 응원처럼 들려왔다.

둘째 동생과 우유 한 병

　내 나이 열두 살 때 엄마가 조그만 점방을 열었다. 아버지가 돌아가신 뒤 열었던 해장국집을 닫고 네거리에 점방을 연 것이다. 업종 변경을 한 것은 순전히 우리 딸 넷 때문이라고 했다.

　해장국집 특성상 한두 잔씩 막걸리 마시러 오는 손님들도 있었다. 얼큰해져 문뱃내를 풍기며 드나드는 사람들 모습을 보이기 싫다는 엄마의 강한 의지이기도 했고, 점방을 하면 우리들과 함께 있을 수 있기 때문이라고도 했다.

　어쨌거나 우리들은 신이 났다. 우리들이 즐겨 먹던 과자들을 손만 뻗으면 가질 수 있다니. 우유, 사이다, 환타, 요구르트를 비롯해 종합선물세트, 맛난 과자, 사

탕들……. 꿈만 같았다. 내 살을 꼬집어봐도 사실이었
다. 세상을 다 가진 듯 행복했다. 때마침 서울 외할머
니까지 오셔서 오랜만에 우리들 얼굴에 몽글몽글 웃음
꽃이 피었다. 안집과 점방이 함께 있는 구조라 우리는
서로 점방을 지키겠다며 다투기도 했다.

며칠 후 개업을 하자마자 엄마의 엄명이 떨어졌다.
절대 허락 없인 아무것도 먹어선 안 된다며 말이다. 점
방에 있는 과자나 음료수는 우리들 주전부리가 아니라
팔아야 할 물건이라는 것이다. 나와 둘째는 얼른 고개
를 끄덕였지만 셋째와 넷째는 아직 어려서 아망을 부
리곤 했다.

그러던 어느 날, 가시눈이 된 엄마가 우리들 넷을 불
러 모았다. 차례로 조르르 앉은 우리 앞에 매싸리가 놓
였다. 긴장한 우리들은 마른침을 꼴깍 삼켰다.

무슨 일일까? 힐끔힐끔 엄마 얼굴을 훔쳐보는데

"냉장고에서 우유 꺼내 먹은 사람 누구야."

우리들을 훑어보는 엄마 눈에 성난 빛이 역력했다.
팔려고 받은 우유 다섯 병 중에서 이틀에 한 번꼴로 한
병씩 없어진다는 것이다. 천산지산하지 말고, 바른대
로 말하면 용서해 주겠다고 했다. 나는 아니다. 결코

아니다. 내 옆에 앉은 둘째를 비롯해 셋째, 넷째도 도리질을 쳤다.

"배달원이 혹시 한 병씩 덜 주고 가는 건 아니냐?"

옆에 있던 외할머니가 우리들 눈치를 살피며 말했다. 아니면 셔터 문이 열리기 전에 놓고 간 우유를 누군가 집어 간 건 아니냐고 내가 상기되어 여쭸다.

그러나 배달원은 펄쩍 뛰었다. 새벽 네 시에 다섯 병 확실하게 배달했고, 셔터 안쪽으로 넣어 두고 다시 셔터를 내리기 때문에 절대 그럴 일 없다는 것이다. 결국 우유사건은 그냥 넘어가게 되는 듯했다.

그러던 어느 이즈막한 밤, '쨍그랑' 유리 깨지는 소리와 함께

"아악!"

외마디 비명소리가 불 꺼진 가게 안쪽에서 들렸다. 놀란 식구들이 가게 형광등을 켜니 둘째였다. 둘째 동생 손에서 피가 뚝뚝 떨어지고 있었다. 더구나 바닥에 떨어진 우유병에서 뽀얀 우유가 쿨럭쿨럭 흘러나오고 있었다. 우유병을 꺼내려다 깨진 냉장고 앞 유리에 손을 벤 것이 틀림없었다.

우유를 많이 먹으면 키가 쭉쭉 커진다는 광고를 텔레

비전에서 봤다고 했다. 키가 커져서 땅꼬마 소리도 듣지 않고, 친구들과 고무줄놀이도 하고 싶었던 둘째가 두려움에 악을 쓰며 울던 밤, 피 흐르는 자식 손을 수건으로 동여매고 병원으로 뛰어가던 비쩍 마른 엄마 뒷모습이 아직도 선명하다. 그게 뭐라고, 우유 그까짓 게 뭐라고 서러운 울음 토해내던 갓 서른둘, 젊은 엄마 모습이 아직도 아프게 남아있다.